「心の病」は自分で治せる

向精神薬に手を出すな！

統合失調症で入院したことから始まる
30年間に及ぶ向精神薬との闘いの日々—
新しい輝く人生を取り戻すまでの
壮絶なドキュメント！

ひなた 美由紀 著

はじめに

こんにちは。著者のひなた美由紀です。この本を手に取ってくださり、ありがとうございます。

少し私の話を聞いてください。私には創りたい世界があります。それは「**すべての人がやりたいことを一緒にやれる世界。そして、誰からも責められない世界**」です。

しかし、現実はコロナで人々は分断され、自分のやりたいことを誰かと一緒にやれることが限られています。ソーシャルディスタンスが奨励されればされるほど、人との接触が少なくなり、つながりが薄れていきます。

突然リモートワークになり、氣軽に誰とも話すことができなくなった人、これまで友人とランチを楽しめたのに、その機会が減ってしまった人、また、コロナの影響で売上が減っても相談できる人がいない経営者など、大きな変化に戸惑っている方も多いことでしょう。そうなると、誰もが孤独を感じやすくなり、精神的に病んでいくと思うのです。いや、もしかして既にコロナ以前から心が病んで、身動きが取れなくなっているかもしれません。

はじめに

今の現実は、私の創りたい世界と真逆の方向へと進んでいるように見えます。厚生労働省の資料によると、精神疾患を有する外来患者が平成14年の約２２３万９千人から、平成29年では約３８９万1千人と15年間で、なんと1・5倍になっています。そして、コロナ禍で精神科の門を叩く人は、更に増えていくのではないでしょうか？

一度精神科を受診したら、そこから抜け出すことはなかなか簡単なことではありません。私は１９８９年(平成元年)から２０１７年(平成29年)まで、約30年間も精神病の薬・向精神薬を飲んできました。最初の半年は精神病院に入院しました。拘束衣と呼ばれるもので縛られ、手足が動かない状態にされたこともあります。そして、退院してからもずっと向精神薬を飲んできたのです。

そんな51年の人生のうち30年間精神病患者でいた私だからこそ、あなたに提案したいことがあります。向精神薬を飲まないでください。あなたの人生が台無しになります。そして、もし飲んでいたとしても止めることができます。まだ望みを捨てないでください。30年薬漬けだった私でも止められたのですから。私の辿ってきた道のりが、あなたの力になれることを願っています。

ひなた　美由紀

「心の病」は自分で治せる

向精神薬に手を出すな！

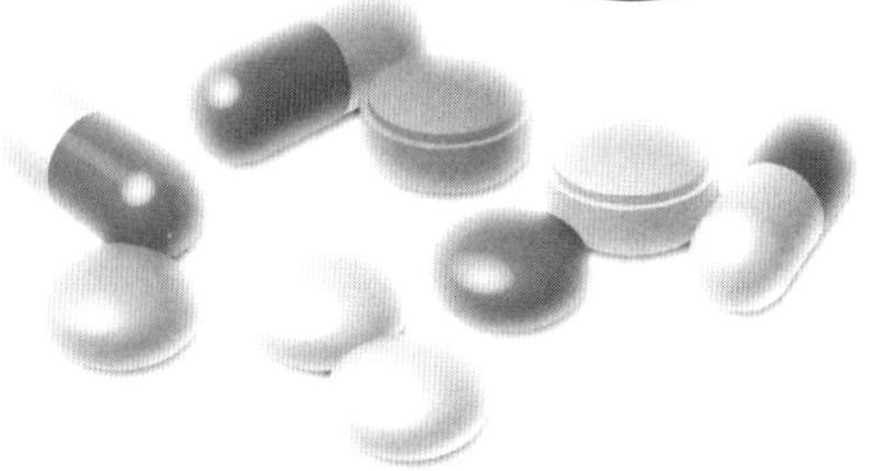

第2章 病氣になる前の私――様々な予兆

第3章 向精神薬と共に生きる——苦闘の日々

第4章 うまくいかない人生を自分で変える―脱・向精神薬

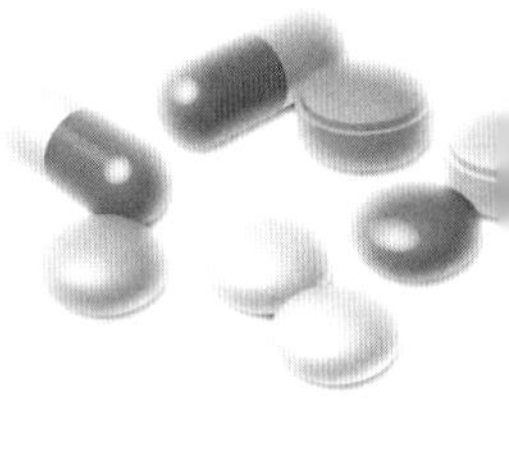

第5章　再生への歩み――心身一如

※本書では、漢字にもエネルギーがあるという著者の意向で「気」の文字を全て「氣」で表記しています。また、この本は必ずしも現在投薬されて治療効果を得ている方や治療法を否定するものではありません（編集部）。

第1章

精神病棟での日々

記憶の断片

私は19歳の時に、統合失調症で精神病院に入院しました。今までその時のことを詳しく人に話したことはありません。詳細に思い出したくなかったし、話すとしても、誰かに同情してほしいと思う時でした。

でも、当時の精神病棟がどんなものだったのか、知ってもらいたい。そのような氣持ちがふつふつと湧いてきた今、勇氣を出してお話していきます。

あとから記憶を塗り直している部分があるかもしれません。しかし、できる限り過去の自分を思い出し、正直に書いていきます。

忘れられない入院したあの日

1989年（平成元年）。世の中の景氣が鰻登りに良くなっていく時期でした。皆が元氣はつらつとしていた時代、私自身がおかしいなと思ったのはいつだったのか、よく覚えていません。

7月に家族でハワイに行くことが決まっていました。その少し前に世の中で連続殺人事件があり、中東ではシーア派とスンニ派が争っていました。連続殺人事件の犯人はイスラム過激派の犯行だ、と私は考えました。何故か、そこに関連性を見出していたのです。

こんな日本は危険だ。そして日本はこれから沈没する。早く日本を脱出しないといけない。だから、早くハワイに行きたい。そんな話を両親にした記憶があります。

荷物を持ってとなり町の居酒屋に行き、一人でお酒を飲んだことがありました。その時は交番に行って帰れなくなったと保護してもらい、両親が迎えに来ました。

そんな私の様子を見て、父と母は心配したのでしょう。私を病院に連れて行きました。その病院で嫌な感じがしたので、私は診察室から逃げ出しました。

両親は私を車に乗せました。そして、別の病院に向かいました。

その車は私の大好きな親戚のお兄さんが運転していました。そして、両親の他にもう一人同乗者がいました。それは当時おつき合いした彼でした。

５人を乗せた車は夕闇の中、外灯もない道を進みました。そして、その奥にあった病院に到着しました。がらんとした待合室で待っていたら、診察室に呼ばれました。

そこには、おばあちゃん先生がニコニコしていました。

「いま、何が見えますか？」

私は答えました。

「青い海と、……」

氣がつくと周りの人に押さえつけられていました。多分注射を打ったのでしょう。そこで私の記憶はプツンと切れています。

次の朝、氣がつくと学生寮のような場所にいました。

真ん中に廊下があり、両側に和室が並んでいました。部屋には私の他に年配の女性が3人いました。和室の広さは覚えていませんが、4人で布団を並べてちょうどいい程度の部屋でした。

一間の押入れがあり、個人の持ち物はその4分の1ずつを使って収納しました。貴重品を入れる場所はありません。

部屋の廊下側には腰高窓があり、開けていれば部屋の中は丸見えです。カーテンなどの仕切りもないのですから、一人っきりになることもありません。

そして、窓の外には鉄格子が嵌《は》められていました。入ってしまえば、自分から外に出ることはできない世界でした。

部屋にはテレビもないし、新聞も読めません。本を読んでいた人もいませんでした。

何故なら、誰もが薬で朦朧《もうろう》としているので、文字を読む集中力も氣力もなかったのです。私は元々、本を読む習慣がありました。しかし、入院中はおろか退院してしばらくは、本を読む氣になれませんでした。向精神薬の影響で、興味、関心が薄れていたからです。

病院でのさまざまな記憶の断片

ある晩、寝ている最中に頭の中でガラスのようなものがパリン、と粉々に割れたような感じがしました。

そして次の日、起きてから他の入院患者に言われました。

「随分と状態がよくなったねえ！」

その時に、入院したあの日からすでに約1か月の時間が経っていること、その間の記憶が断片的にしかないことに氣がつきました。

覚えていることといえば

・お風呂で誰かに頭を洗われていたこと

・数人の男性に担がれて移動させられたこと
・押さえつけられて私が暴れたこと

などです。

他の入院患者の話によると、就寝時間になっても男子病棟にいたようです。私が自分の病室に戻らないので、強制的に移動させられたのです。

入院の際、私は病院内のルールを一切説明されませんでした。

私は複数の女性と話すと、居心地の悪さを感じます。何故なら、結論の出ないふんわりとした会話が多いからです。男性と論理的な話をした方が楽しいです。だから、女性ばかりの場所ではなく男性が多くいる部屋へ行って、話をしていたのでしょう。話が盛り上がっているのに、自分の部屋に帰れと言われます。それを拒否したから男性看護師に強制的に移動させられたのでしょう。

記憶の断片しかないのは、強い向精神薬で眠らされていたからだと思います。一度か二度、薬を吐き出した記憶がおぼろげにあります。何故私が薬を飲まないといけないのか、まったく理解できなかったからです。直観的に身の危険を感じていたからでしょう。だから体内に薬を入れることを拒んだのです。病院側はルールに従わない患者を力尽くで従わせます。私は羽交い絞めにされ、注射で眠らされました。

もう一つ記憶の断片にある風景があります。

それはある部屋（多分、娯楽室）を覗《のぞ》いたら順番に髪を切っていた、というものです。

そのせいでしょうか？　氣がついた時は髪が短くなっていました。切ってもらった時の記憶は全くありません。看護師さんに聞いたところ、実際に出張の床屋さんが来ていたそうです。床屋さんに「髪の毛を切りたい？」と聞かれ、私は頷《うなず》いたようです。大人しく髪を切られたのでしょう。

やっと私は意識が戻った状態になりました。「状態がよくなったね」と言ってくれた入院患者さんは一人や二人ではありませんでした。会う人会う人に言われたのです。

所々しか記憶していないので、こちらは誰の顔も覚えていません。でも私がいつも暴れていたので（正確には「やりたいことを妨害されたことに抵抗していた」のです）、誰もが私のことを知っていたのでしょう。

精神病院では「状態がよくなる」と退院できるようです。その「状態がよくなる」という基準が私には分かりませんでした。正直、今でも分かりません。そもそも基準が明確に決まっていないからです。

病院での友達・17歳のKちゃん

少し状態が良くなった頃、病院内で仲の良い友達ができました。Kちゃん、高校2年生17歳です。いつも「美由紀ちゃん、美由紀ちゃん」とよく話しかけてくれました。私が19歳だったので、年齢が近いせいもあったのでしょう。Kちゃんも私と同じ「統合失調症」でした。

いまでこそ「統合失調症」という言葉が一般的になりましたが、その当時は「精神分裂病」と呼ばれていました。「精神が分裂している！」そう聞いたらどう思いますか？ 今、私が連想するのは、「精神異常者」という言葉です。一般の人の頭の中とは違う思考回路を持っている、そんなイメージです。

そんな人とあまり接したくないですよね。何されるかわからない、という恐怖を感じます。「精神分裂病」という言葉のイメージはかなり悪いです。そのため名称を「統合失調症」に変えたのでしょう。

その精神分裂病（統合失調症）は若い人が発症しやすい病氣だと言われています。男性の場合は、統合失調症の他にアルコール依存症の人がいました。しかし、若い女性でアルコール依存症で入院している人は、見かけませんでした。当時を思い出してみると全女性入院患者のうち、20代以上は約5％でした。若い女性の入院患者はほぼ精神分裂病（統合失調症）だと言えるでしょう。そのわずかな同年代の入院患者の中で、Kちゃんとはよく話をしました。

ある時、Kちゃんが「美由紀ちゃんにあげるね」とスニーカーを持ってきました。私は何の疑いもせずに受け取り、それを履いていました。その数日後に事件は起きました。

ある日突然、身体の自由を奪われる

突然、数人の看護師が病室に入ってきて、私を押さえつけました。そして、白い長い布を被せました。その長い布とは「拘束衣」と呼ばれるものです。

腕は袖に通されました。袖の先にはひもがついていて、その紐が体にぐるぐると巻きつけられました。長い布は足元まであり、両膝、両足首までぴったりとくっついていました。手も足も不自由な状態です。抵抗しましたが途中から観念しました。いつの間にか紙おむつを履かされていました。出来る動きは腰と膝を曲げることだけ。全く自由のない身となったのです。

それからの様子をほとんど思い出せません。強い薬を注射されたか、飲まされていて意識が朦朧《もうろう》としていたからでしょう。そうでなければ、氣が狂っていたと思います。

「氣が狂った」と書いて思わず驚きました。前提として、世間一般の人は「精神病患者＝氣が狂っている」と思っているのでは？と氣がついたからです。

でも、その時私なりに「正氣」というものがありました。「拘束衣を着ている」という状態をはっきりと認識していたら、自尊心が粉々に砕けてしまったことでしょう。それでは生きていけなかったと思うのです。だから、拘束衣を着せられる時は、強い睡眠薬を飲まされて何も考えられない方が、楽なのかもしれません。

目が覚めた時は「助けて」と周りに言いました。でも、他の患者がそれをほどいてくれることはありません。廊下の窓から覗《のぞ》きに来た人も「あらら、大変だね」と言って去って行きます。

ぐるぐる巻きだった間に、食事はどうしていたのか、水は飲ませてもらっていたのか、まったく記憶にありません。薬で眠らされ、覚醒した時は助けを求める。それを繰り返しました。

拘束衣を着けられて三日目の夜でした。私はナースステーションまで、両足でぴょんぴょんと飛んでいきました。足が開かないので「歩く」という動きができなかったからです。映画「霊幻道士」で有名な「キョンシー」のような動き、と言ったら分かるかもしれません。約20mの距離を、ただただ飛んで移動しました。

そこには夜勤の看護師さんがいました。私が記憶している中で一番優しくしてくれた看護師さんです。その人が拘束衣を解いてくれました。やっと動けるようになったのです。

その数日後、お見舞いに来た母は「誰からも物をもらってはいけないよ」と言いました。Kちゃんからもらったスニーカーは、別の同世代の女の子のものだったことが分かったのです。

私が譲り受けた時には、スニーカーに紐がついていませんでした。そもそも紐なしシューズだと思っていたので、そのまま元の持ち主に返しました。しかし、その女子は「以前持っていたスニーカーとは違う！ これでは困る」と言ったのでしょう。母が同じようなスニーカーをプレゼントしたと後から聞きました。

Kちゃんも同じように、拘束衣を着させられていました。私が脱いだ後も、更に数日間着ていました。

そんなことがあっても、私は特段Kちゃんを恨むことはありませんでした。何故なら、薬の影響で思考が停止していて感情があまりなかったからだと思うのです。表現が適切ではないかもしれませんが、向精神薬で「ラリッて」いたのです。私の脳はうまく機能していませんでした。だから強い感情が湧いてこなかったのでしょう。よく思い出してみると、ほとんどの人がぼんやりと一日を過ごします。あるのはせいぜい食欲だけです。あとは、人と話すことしか、やることはありません。精神病棟は、いつも氣だるい雰囲氣に包まれていました。

独房と五点拘束

「状態が悪い場合」に自由を奪われるケースが、私の着た拘束衣の他、あと二つありました。

一つは独房です。刑務所の独房と何ら変わりありません。部屋にあるのは、トイレとベッドだけです。何故、知っているかというと、看護師さんがその独房に出入りする時に中を覗《のぞ》いたことがあるからです。

トイレは和式でそのままむき出しです。仕切りがあるわけでもありません。そして、床はコンクリートの打ちっぱなしでした。想像するだけで居心地が悪そうです。

入っている人は「出してくれ〜！」と叫んでいたり、ドアをバンバン叩いたりしていました。でも、それは長くは続きません。おそらく看護師さんに注射をされて、大人しくなってしまうのでしょう。意識が朦朧《もうろう》としていれば、大声をあげる、ドアを叩くなどのやる氣は失せてしまいます。

また、独房に入れられなくても、ベッドに縛りつけられているケースもありました。前に書いたように、入院患者のほとんどが和室で、布団を敷いて過ごしていました。でも、寝たきり患者のための数部屋だけはベッドでした。その寝たきり患者の部屋の一部は「状態が悪い」人が拘束されるベッドだったのです。両手両足と腰の５箇所をベットに縛りつけます。いわゆる「五点拘束」です。拘束衣同様、おむつを履かされます。私と一緒に拘束衣を着させられたＫちゃんは、その後も悪さをしたのでしょう。数日間、ベッドに拘束されていました。それでもなお、大声をあげて反抗していました。

今振り返ってみると、病院の決めたルールから外れることをすると、「こうなるよ」

という他の患者への見せしめだったとしか思えません。「自由を奪われたくない！」という思いで、看護師たちの言う通りに行動するようになっていきました。

両親の見舞いと配給制度

廊下で看護師さんに会うと、「すぐに自分の部屋に戻れ」と言われました。部屋でやることなどないのです。体はどこも悪くないので、寝ていてもつまらないのです。でも「部屋にいろ！」と言われます。その当時はスマートフォンもありません（ショルダータイプの携帯電話の登場は、その数年後のことです）。テレビも部屋にないですから、暇で退屈でした。

その時の楽しみはなんだったのかな？ と思い出してみました。それはお菓子を食べることでした。私の場合、両親が週に一回、お菓子や着替えを持って来てくれました。

他の入院患者たちは、欲しいお菓子や日用品を病院に申請していました。そうすると病院側が購入して各個人に配るというシステムでした。私は全くお金のことは分かりません。おそらく入院費に加算されていたのでしょう。母からは、「おやつは持っていくから病院で頼まないでね」と言われていました。

その配給日が週2回あったと記憶しています。その配給日の夜は「おやつパーティー」です。何人か「状態のよい」人たちで集まり、おやつを持ち寄って話に花を咲かせます。男性病棟には行かずに、女性だけで集まっていました。早く退院したいという氣持ちで、看護師たちの言うことを聞き従っていたのです。

配給といえば、たばこも配給でした。私はたばこを吸っていませんが、システムは知っていました。2日に1箱が希望者に渡されていました。喫煙所は階段の踊り場です。今のように病院の敷地内では吸ってはいけない、とも言われませんし、分煙でもありません。配給直後の階段は、モクモクと白い煙が立ちこめていました。

また、配給前になくなってしまった人は、他の人からたばこを前借りしたり、お菓子と交換したりしていました。なにしろ、お金を使うシステムがありません。売店もないのですから、自分でほしいと思っても手に入らないのです。

配給の物から選ぶか、お見舞いに来る誰かに持ってきてもらうか、という方法でしか、ほしいものは手に入れられませんでした。

父は入院患者からたばこがほしいと言われて、あげたことがあったのでしょう。そのたびにせがまれるようになったようです。それが嫌でお見舞いに来ても、父は駐車場で待つようになりました。母だけが病室まで私の顔を見に来ました。

たった一台の電話と洗濯物の話

「電話をすることができる」という情報を得た私は、自ら看護師さんに電話したいと申し出ました。そうしたら、テレホンカードを看護師さんから渡されました。それは元々、母が病院に預けておいたものだと思います。

病院には入院患者が利用できる公衆電話が、1台だけありました。場所は1階の階段脇です。そして、電話の利用時間が決まっていました。電話をする順番をとるために利用時間より早く並ぶ、ということをしていました。しかし、せっかく話せても次の人が待っているので、そんなに長くは話せませんでした。

その電話は事務局の脇に置いてあります。もしかして、話している内容が職員に筒抜けだったのかもしれません。一度か二度だけ、当時おつき合いしていた彼に、電話をしました。母に「電話はうちだけにしなさい」と言われて素直に従いました。

洗濯は、基本的に母が持ち帰ってやってくれていました。

他の長期入院患者さんたちの洗濯は、どうしていたのかを思い出してみました。それは、入院患者さんで元氣な人がやっていました。洗濯物の種類により値段が決まっていました。それは聞いた話で、実際に私は料金表を見たことはありません。

その人たちの作業には、報酬が出ていなかったはずです。何故なら、私も入院していた後半の時期、洗濯物を干したり取り込んだり、畳んだりするのを手伝いましたが、何かをもらえたことはないからです。そういう意味では完全なボランティアでした。暇だったから、やりたくてやっていました。

洗濯物がきちんと元の持ち主に戻っていたのか、疑問でした。例えば、畳む時よく靴下の片方がなくなっていました。そして、私はその洗濯物がどこの誰のものだったのか、全く分かりませんでした。洗濯物に名前が書いてあったのかも定かではありません。システム的にかなりずさんだったと思います。

また、長期入院していて世話係のようなことをしている女性がいました。具体的に言うと、寝たきりの患者の介護の仕事を、入院患者がしていたのです。入院中はやることなどありません。暇つぶしをしたい患者を、病院は体よく使っていたのです。何しろただ働きをしてくれるのですから。

その当時、私は手伝うと退院が早まるのでは？ と思っていました。でも、今になってみると人の役に立つことをやることが、退院の基準とは関係ないようにも思います。なにしろ、誰が見ても分かるような退院できる基準は、ないのですから。

精神病者の娯楽、歯医者の話

娯楽室で、何度かレクリエーションのようなものに参加しました。

一度トランプを皆でやりました。ババ抜きだったと思います。その時「相手のカードが見えているのか？」と思うほど、あっさりと勝ち抜けていきました。

また、誰がボールを隠し持っているかを当てるゲームをしました。誰もがズバズバと当てるので、「面白くないよね」ということで終ってしまいました。誰がもっているのか分かってしまうのです。

「精神障害がある」と言われる人は健常者が持っていない、第六感という能力があるのではないか？ と思う出来事でした。

病院内では運動をする機会もありました。週2〜3回、朝10時に運動場に続く道への鉄の扉の前で集合します。

運動する日が決まっていて、グランドに出たい人が出る、という感じでした。しかし、そのような情報はどこにも貼り出されていません。誰かに外で運動できるらしいと聞いて、初めて分かるのです。

外に出ていいかどうか、医者から指示された覚えはありません。ただ、外に出る前に看護師さんから「あなたはだめ」と言われていた人がいたような氣がします。

グランドは広かったです。何をしたかはまるで覚えていません。ただ、走ったことだけは覚えています。何故それだけを覚えているかというと、運動会があったからです。私は高校の時、陸上部でインターハイに出場したので、走ることに自信を持っていました。だから、病院の運動会で同年代の女の子に負けるわけがないと思っていたのです。

しかし、入院したばかりの二つ下の女の子に負けました。悔しかったですが、その感情はあまり強くありませんでした。心から「悔しい、こん畜生！」という強烈な感情が沸き上がらないのです。

話は変わります。ある日氣がつくと、周りの入院患者数人が、どこかへ出かけていきます。行先は歯科医院です。おそらく他の医者とは違い、歯医者は簡単な治療でも器具が必要なので、こちらから行かないと治療できないからでしょう。

長年入院している人は、外に出たいがために虫歯になろうとしていました。私もそれを見習ってみました。

「歯が痛い！」と何度も看護師さんに訴えました。しかし、その願いは聞き入れられませんでした。周りにも歯が痛いと言っている人が多かったからです。加えて、連れていける人数が決まっています。誰でも彼でも行けるわけではないのです。

車に乗って歯医者に行き、帰りにファミリーレストランで食事かお茶をしてくることが多かったようです。その話を聞くたびに、「いいな、私も外に出たいよ」と思ったものでした。

外出と外泊、ついに来た退院の日

7月9日に入院してから、3回目の診察だったと思います。10月に初めての外出が許可されました。「日帰りで家に帰ってもいい」という許可が出たのです。

朝、両親が車で迎えに来て家へ帰りました。約3か月振りの我が家でしたが、とても違和感がありました。

ここに住んでいたの？

すでに「自分の居住スペースは病院だ」という認識になっていたのでした。自宅と病院は車で一時間半の距離です。食事して少しくつろいだら病院に帰る。そんなスケジュールだったと思います。家に帰った喜びはありました。しかし、それよりも違和感と戸惑いが大きかった覚えがあります。

その後、一週間に一度「外泊」という形で家に戻りました。それから二泊三日になり、三泊四日になりました。そうやって、外の刺激に少しずつ慣れていきました。

家族とともに過ごすことができ、自分の部屋で眠ることができました。そうやって、徐々に安心を感じていったのです。

初めての外泊の時、入院前の感覚が甦《よみがえ》りました。「自分の妄想がひどくなって病院に入ったんだよね」と嫌な氣持ちになりました。それは心の奥のふたが開き、その底から出てくるヘドロ臭を嗅ぐような感覚でした。そうは言っても、ある程度は時間が解決します。だんだんと元の生活環境に慣れていきました。

外泊に行く度に周りの人から、「もうすぐ退院だね」と言われました。しかし、私はいつ退院になるのか、全く見当もつきませんでした。

入院して約5か月、ついにその日はやってきました。クリスマス前に退院できることになったのです。

どうして退院できるようになったのか、どこがどう良くなったのか、自分では皆目見当がつきませんでした。医師から、「状態が良くなったから退院しましょう」と言われました。その時、退院できるようになった理由や根拠は、一切説明されませんでした。「元氣でね」と入院中に親しくなった人たちと別れを告げました。

何度も外泊を繰り返していたので、家に帰ることに違和感を覚えませんでした。

退院する時、一つだけ医師から言われたことがあります。

それは、「**一生薬を飲んでください**」という言葉です。

この言葉に素直に聞き従った結果、私の人生は長い長いトンネルを走っていくことになったのです。

第2章

病氣になる前の私
様々な予兆

発達の遅かった幼少期と神様が大好きな少女期

私は幼い頃、人と比べて発達が遅かったようです。幼稚園の頃は、言いたいことが伝えられなくて泣いてばかり。心の中には感情があっても、それをどうしたら言葉にできるのか分かりませんでした。

国語の授業で音読させられることが、何より苦手でした。何故なら、文字一つ一つは読めるけれど、それが一つの言葉として理解できなかったからです。言葉が分からなければ、文章の意味も分からない。その結果、同じ行を二度読んだり、一行飛ばして読んだりしました。

そうすると、友達が笑います。こちらは必死になって読んでいるのにもかかわらず……。顔は真っ赤になり、つっかえてしまいます。あまりにも自信がなく、吃音《きつおん》してしまうのです。周りに理解されることもないので、いつも下を向いているような子供でした。

そんな私は大好きな人がいました。それは神様です。具体的にいうと、キリスト教の神様（全知全能の神）とイエス様（イエス・キリスト）でした。私が小学1年生の時、お友達が「日曜学校に一緒に行かない？」と誘ってくれたのがきっかけでした。「日曜学校」というのは、教会で開かれている小学生向けの礼拝のことをいいます。私は教会に通うに連れ、だんだんとその教えに興味を持つようになりました。

そして、神様に心酔しました。毎日お祈りをしました。自分の言いたいことを人に言うことはできなかったのですが、神様にはお祈りという形で伝えることができました。今思うと「自分を見つめる時間」というものを幼い頃から持っていたのです。そして、「生きるとは？」「死ぬとは？」ということを小学生の時から、よく考えていました。その頃、一番よく感じていた感情は「むなしい」というものでした。

小学4年生の頃、「私の顔を周りに見せてごめんなさい」と祈っていました。それは、私がブスだと思っていたからです。私自身は鏡を見ている時しか、自分の顔を見ません。でも、周りの人は私に会っている間、私の顔が見えてしまいます。ブスな私の顔を見させて申し訳ない、そう思っていたのです。

今思い返してみると、小学生の頃、誰かに迷惑をかけるかどうかなんて氣にしないで、天真爛漫《らんまん》に生きている子たちがほとんどでした。そんな中、私だけがそんなことばかり氣にしていたからでしょう。その当時の写真を見ると、友達の中で私だけがびっくりするほど暗く写っています。

言いたいことが言えない ひたすら我慢する子供

幼稚園の時に、母に「エレクトーンを習いたい」と言った記憶があります。どうして習いたかったかというと、流行している音楽を歌いながら伴奏してみたいと思ったからです。でも、氣がつけば、私はピアノを習っていました。

教えてくれる先生はとても厳しい人でした。一曲を通して弾けるようになっても、一か所でも弾き間違えれば、次の週も同じ曲を練習するように言われます。ピアノは習い始めると「バイエル」という教本に沿って練習します。周りのピアノを習っている人に聞くと、バイエルは2年程度で卒業しています。しかし、私は4年かけて、やっとバイエルを卒業しました。

それが次のレッスンまでろくに練習していないのなら、仕方ないなと諦めもつきます。

しかし、先生の指示でほぼ毎日1～2時間練習し、その練習時間を記録していました。その記録したノートもレッスンの時に提出しなければなりません。学校が終わって友達と遊ばない時間に、私は毎日ピアノに向かいました。

手は卵を持つように丸くする、と教えられました。弾いている途中で、先生が小指や薬指を押します。それで手が平べったくなってしまうと、その手を叩かれます。ピアノの強弱は指のタッチで決まります。力が入りづらい小指や薬指を意識させるための訓練だったのでしょう。大人の今ならそれが分かります。でも、小学生だった私には苦行でしかありませんでした。

そんなレッスンだったので、なるべく行きたくない、という思いがあったのでしょう。それを表しているエピソードがあります。

通い始めた頃は、母が一緒にピアノ教室まで行ってくれました。しかし、途中から一人でバスで教室まで通いました。その当時は時計を持っていなかったので、いつバスが来るのか分かりません。バスが来ないとレッスンに遅れてしまう、レッスンに遅れたらどうしよう？ そう思っていると、バス停で居ても立ってもいられなくなります。

その結果、バス停の向かいにある電話ボックスに向かいます。「お母さん、バスが来ないよ」と電話をしていると、必ずバスが通り過ぎました。電話口の母は、「バスはまた来るから大丈夫よ」と言っていましたが、私は泣いていました。結局、次のバスに乗ってレッスンに行ったのでした。

弾くことはあまり楽しくありませんでした。練習しろと言われるからやる、やらないと怒られるからやる、そう思っていました。しかし、「辞めたい」とどうしても言えませんでした。というか、「辞めたいと言う」という選択肢が自分にあることすら、氣がついていなかったのです。

小学4年生から授業の一環としてクラブ活動が始まりました。私が入ったのは音楽部です。そこでトランペットを吹き始めました。

私の小学校は、行事の度に音楽部が演奏します。七夕や運動会、学芸会の時に子供たちが伴奏をするのです。そのため行事の前になると、週一回のクラブ活動のほか、放課後にも楽器の練習をしました。放課後まで練習した日は、帰宅後にピアノの練習をするだけの時間も氣力もありませんでした。

思い切って母に、「トランペットの練習をしたいから、ピアノを辞めたい」と言いました。結果、何とあっさりと「いいわよ」と言われたのです。

ずっと苦しかったピアノから、ようやく離れることができました！

ちなみに3歳年下の妹は、近所で違うピアノの先生に習っていました。その先生が妹の友達の家に教えに来る時に、妹もその友達と一緒に習っていたのです。その先生はスパルタではありませんでした。そのせいか、妹はとても楽しそうでした。

妹は子育てが一段落して時間ができた今、ピアノを楽しく弾いています。一方、私は積極的に弾きたいと思いません。せいぜい友達の家に行った時に、その家の子供の電子鍵盤があると触る程度です。

話は少し戻ります。4年生からの音楽部での活動は、とても楽しかったです。5年生からは委員会活動も始まります。そこで、音楽委員会を選び、6年では委員長となりました。音楽クラブでも副部長に選ばれました。みんなを引っ張る役割を与えられた私は小学校での音楽活動に夢中になっていきました。

トランペット以外にはアコーディオンを弾くこともありました。行事によって、挑戦する楽器を変えることもできたからです。そして、6年生の運動会の時と、卒業式の後の謝恩会では指揮者となりました。音楽の先生に「やってごらんなさい」と推薦されたのです。

謝恩会の時、卒業生全員で「宇宙戦艦ヤマト」を演奏しました。演奏者は5クラス約200人です。それだけの人数が一つの曲を演奏するのは、まさに圧巻だったのでしょう。

演奏が終わった次の瞬間、ある先生が立ち上がり「ブラボー！」と叫びました。大きな声に対し、何が起きたのか分からず驚きました。しかし、会場は拍手の渦に包み込まれています。そして、アンコールをリクエストされたのです。残念なことに、もう一曲など用意していません。再度、「宇宙戦艦ヤマト」を演奏しました。

ずっと引っ込み思案な私でしたが、音楽活動で徐々に人前にでる機会が増え、ほんの少し自信が持てるようになっていきました。

ピアノの練習は、とても苦しいものでした。しかし、ピアノをしていたおかげで音楽に親しむことができたのです。

母親の厳しいしつけに苦しむ

母はしつけの厳しい人でした。『躾《しつけ》』という字は身を美しくする。だからあなたが美しくいられるようにしつけをするのよ」と言っていました。

母は、高校入学から年の離れたお姉さんと東京で暮らしています。親から早く離れたせいで苦労したのでしょう。だから、私には苦労させたくないという想いで、私をしつけたのだと思います。

しかし、私は幼い頃、思ったことを口に出せませんでした。正確に言うならば、思ったことを言語化できず、相手に伝えられなかったのです。

自分の想いも要望も、伝えなければ相手に分かってもらえません。「○○したい」「○○してもらいたい」ということが言葉にできないでいました。でも、理解してほしいという想いばかりが心に溜まっていきます。

そして、少し話せるようになった頃には、自分の想いを伝えていいのか、分からなくなりました。「母の言う通りにすることが一番だ！」と信じるようになっていたからです。

しつけというのは、欠点を直します。「こうした方がいい、こうしたら、さらに良くなる」と、自分の悪い部分を良くすることを言われました。私は自分の欠点ばかりをフォーカスするようになり、結果、「自分にはいいところがない、駄目な人間なのだ」と思うようになりました。

このように自信のない子供だったから、小さい頃から背中を丸くしていました。夕飯を食べる時も猫背です。そうしたら、母は私の背中にバトミントンのラケットを差し込みました。そうすれば姿勢が良くなると思ったのでしょう。でも私はただ、悲しかっただけです。そこまでされないといけないのかと……。

大人となり、離婚して少し経った頃のことです。私は「自分に自信を持ってもいいのだ」と思えるようになりました。その結果、いつも姿勢良く歩けるようになったのです。初めて逢う人に「姿勢いいですね！」とよく言われるようにもなりました。

今になってみると、子供の頃に姿勢が悪かった原因は、心の奥底にありました。親に認められないと、思っていたからです。だから私は常に自信がありませんでした。その真因が分かれば、母は苦労しなかったと思います。

陸上が大好きだった中高生時代 インターハイ出場へ

小学5年生からリレーの選手に選ばれました。そして小学6年の時、市内の5、6年生対象の陸上大会があり、小学校代表リレーのアンカーに選出！ その頃から走るのが大好きになりました。小学1年生の運動会の時は6人中4位だった私がです！ そんな「かけっこ」の遅かった子がよくそこまで成長できたな、と思います。

中学1年生の夏に都大会で100mで2位。その年から東京都の強化指定選手に選ばれます。でも、部活の顧問は陸上の経験がなく、ほとんど何も教えてもらえませんでした。そんな状況なので、その後の記録は伸び悩みます。2年、3年と上がるに連れて順位は下がる一方……、表彰式では肩身の狭い思いをしました。

だから、高校では陸上を続けるつもりはなかったのです。しかし、入った学校は大学の付属高校で、大学生が使っている400mトラックが高校の目の前にありました。陸上競技の環境が整っていたのです。友達が「陸上部に入る！」というのを聞いて、じゃあ、私もやろうかな？ と軽い氣持ちで走り始めました。

高校1年生の時の400mの記録が全国で77位でした。3年生が卒業したら、現1・2年生で残っている人数はそんなに多くありません。それならインターハイに行けるのでは？ と思いました。顧問の先生は普段は指導しないので、先に走る男の先輩の背中を見て練習をしていました。

ちなみに顧問の先生は、都大会を勝ち上がり南関東大会の出場が決まると、グランドに来て指導を始めます。日本人なのに、自らを「テリー」と呼ばせるような型破りな英語教師です。

努力の甲斐もあり、高校2年のインターハイでは400mで準決勝まで進みました。そして、その秋の都大会で200mと400mで優勝！　でも、その時に腰にひどい痛みを覚え、冬の間、全く走ることができませんでした。

当時珍しかったスポーツトレーナーの指導で、腹筋と背筋、足の筋肉を鍛え続けました。そして、春の地区予選1週間前に、ようやくスパイクを履くことができたのです。

そこまで歯を食いしばって、陸上を続けたのには理由がありました。同じ陸上部だったTちゃんの存在です。彼女は175㎝の女の子。手足も長いです。彼女はライバルでした。2年までは私の方が400mの記録が良かったので「打倒！うち！」とよく言っていたものです（「うち」は当時の私のニックネームです）。それはとてもさわやかなライバル関係でした。

3年の南関東大会、私は400mの準決勝で落ちました。一方、Tちゃんは決勝に進み、インターハイ出場を決めました。彼女だけ行って私がつき添いなのは嫌だ！　そんな氣持ちが働いたのでしょう。200mでは決勝で5位となり、私もインターハイ行きの切符を手に入れました。

この頃は自分に自信を持っていました。何故なら、自分のやりたいことを全力でやっていたからです。そして、「やりたいこと以外はやらない」という規律を持って陸上競技に取り組んでいました。

テレビを観たり、友達と遊んだりすることもありません。高校1年の秋には初めてボーイフレンドもできましたが、試合のない休日に会う程度です。お付き合いより走ることを優先していました。

夜更かしをして、次の日に起きられないということもありません。毎晩、英語か数学の勉強をしました。高校3年間の全テストの平均点は81点でした。要は、「やるべきことを自分で選んでそれを実行する」ということが自然とできていたのです。

高校の途中までは教会にも通っていました。でも、だんだんと行かなくなりました。これには深いワケがありました。高校生になって、通っていた教会の牧師さんが変わりました。その新しい牧師さんが洗礼を受けていない私を、信者扱いしてくれなかったことが、表面上の理由です。

でも実は、とても深い根っこ（原因）があったのです。その原因については、別の章でお話しします。

第3章

向精神薬と共に生きる

苦闘の日々

薬のせいで変わり果てた自分
馴染めない辛い大学生活

私は入院する直前まで大学に通っていました。2年生でした。7月に措置入院（強制的入院）し、退院したのがその年の12月です。学年末試験を受けようにも、休学届が出されていたので受けられません。だから翌年の3月まで大学に行くことはありませんでした。

そして4月。大学2年生をもう一度やり直しです。病氣をする前の友達は皆3年生になっていました。一方、私は1年生の時に2部（夜間）だった人、他の学科から転科試験を受けて合格した人が寄せ集められているクラスに入りました。クラスメートは、初めての人同士だったので、一人だけ浮くことはありませんでした。

退院した頃の私は、ものすごく太っていました。洋服のサイズでいうと13号がきついくらいです。入院する前は、7号サイズを着ていました。大学では体育会の陸上部に入りませんでしたが、陸上のサークルで走っていました。そのため、大学に入ってからも均整のとれた体を保っていました。洋服のサイズは、2号増えるごとにウエストが3㎝

ずつ太くなります。7号から13号だから9センチです。スレンダーだった私は、急にぶよぶよのデブになってしまいました。それも向精神薬の影響でした。向精神薬の副作用で太ります。それは、食べ過ぎて太るのとは、まったく違う太り方です。今イメージすると「細胞の一つ一つが膨張していく」という感じです。

当時、精神病院は「キチガイ病院」と言われていました。あなたはキチガイ病院に入院していた子と友達でいたいと思いますか？　また、突然異常な太り方をした人と仲良くしたいと思いますか？　私の周りから蜘蛛《くも》の子を散らすように友達がいなくなりました。

それまでとは違い、ぶよぶよに太ってしまった自分。薬の影響で頭がぼーっとしてしまい、溌剌《はつらつ》さがなくなってしまった自分。そして陰氣になった自分がとても嫌でした。今でこそ、その時の状況を言語化できますが、当時はこのようなことをぼんやりと思っていました。「薬を飲むしかない」「医者の言うことを聞くしかない」、それしか選択肢がないと思っていたのです。

あまりにも薬が強かったのです。集中力のかけらもありませんでした。やることがないので大学に行き、1コマ90分の授業を受けました。ノートはとりましたが、まったく頭に入ってこなかったのです。ただ大学に行って授業を受けるだけ、家ではテレビを見て、そのままリビングで寝てしまう。そんな生活を送っていました。

大学2年生の学年末試験は、ほとんど不合格。単位は数個しかとれませんでした。勉強はしましたが、脳が理解すること、記憶することを拒否していたのです。

いつも頭の中に霧がかかっているような状態でした。勉強もできず、それまでの友達とうまく付き合えない。なによりそれまでの明るかった自分とは、まったく違う自分になってしまったのです。自分ではどうすることもできない闇の中を歩いているようでした。

唯一、留年する前から入っていた陸上のサークルは私を温かく迎えてくれました。留年して先輩になった人も、後輩だったのに同級生になった仲間もそのまま受け入れてくれました。だから週2回のサークルの練習会に参加して、走っていました。その時間は自分にとって心安らげる時間でした。今でも当時の仲間の数人と、年賀状のやり取りをしています。

普通の人とはまったく違う成人の日

成人式にはどんな思い出がありますか？ 成人式の式典に女性は振袖、男性はスーツや袴で参加する。久しぶりに地元の友達を会って、やっと自分が大人になれたと実感する。そんな日だったと思う方が多いのかもしれません。しかし、私は全く違いました。

成人式は、まだ退院して間もない時期でした。先ほど書いたように、スレンダーな私がぶよぶよに太ってしまい、薬のせいで朦朧《もうろう》としていた時期でした。そんな時に晴れ着を着ても楽しくない。地元の人にも「美由紀ちゃん、どうしちゃったの？」と言われてしまうのがオチです。

病氣をする前に、母と一緒に馴染みの呉服屋さんの紹介で、表参道まで振袖を買いに行きました。１９８９年3月のことです。何故覚えているかというと、１９８９年４月から消費税が導入されることになっていたからです。振袖というのは高額な買い物です。買うことが決まっているのなら、「税金を払う必要がない時期に買おう」と出かけたのでした。

藤色と黒がベースの絞りのある着物でした。帯には螺鈿《らでん》といって、薄く削られた貝殻が嵌《は》めてありました。大人になっても着られるようにと、上質なものを母が選んでくれました。その振袖を着た写真は、成人の日ではない日に撮りました。でも、その写真は私の手元にありません。母が私に渡さなかったからです。「いかにも病氣していますという表情の写真を観る必要はない」という親心だと思います。

その後、その振袖は妹が成人式に着たり、友人の結婚式に着たりしました。そして、結婚してからは袖を半分に切ってもらい、ミセスでも着れるようにアレンジしました。今、その着物は実家にあります。こうやって書いていると、「また着てみたい！」という思いが募ります。

成人式の当日はどうしていたかというと、母とハワイにいました。母と二人で1週間、のんびりと過ごしました。そのおかげで、日本中が成人した男女に「おめでとう！」と祝福しているのを目の当たりにすることはありませんでした。

おそらく日本にいたら、同じ年の人たちがキラキラと楽しそうに過ごしているのを見て、とても落ち込んでいたと思います。ハワイに連れ出してくれた母に感謝しています。

自分の本当の氣持ちを知らないままの恋愛と結婚

冒頭の入院のシーンで「彼氏が車に乗っていた」と書いたのを覚えていますか？ 私はその彼のことが、入院中も大好きでした。一度、病院の運動会の時に母と一緒に来てくれました。彼のお母さまからは、お見舞いにピンクのパジャマをいただきました。だから退院したら、またおつき合いしたいと考えていました。

しかし、それは太って内向的になった私には厳しい話でした。彼はとてもかっこよく素敵な人でした。そんな人の隣をこんな私が歩くなんて……。あまりにも不釣り合いなカップルです。

薬の影響で思っていることをうまく言葉にできません。「本当は好き。だけど一緒にいるのにふさわしくない」と度々思い、悲しくなりました。「街中で私たちはどんな風に見られているのだろう？」と、すごく人目が氣になりました。

中学生の時ファンクラブがあり、合コンすると一番人氣だった人。そんな人と精神病院を退院してきた私がつき合っていいワケがないと、私は彼と距離を置きました。

もともと大学の同級生だったのですが、復学してからは先輩と後輩になりました。学年が違ってしまえば、同じ授業を受けることもありません。次第に彼と会うことはなくなりました。

あまりにも太った自分が嫌になり、大学3年の夏にダイエットに挑戦しました。当時、流行していた「耳つぼダイエット」です。耳にある食欲を抑えるツボに銀の粒を貼ります。そうすると「食べなくてもいいや」と思えるのです。

その当時は「サプリメント」というものがなく、食事の代わりに栄養剤を飲んでいました。正直、とてもお金がかかるダイエットです。そのために両親の会社でアルバイトをしてお金を貯めました。ダイエット中、お昼ご飯はコンビニで買った冷奴セット一つで充分でした。それほど食欲が落ちたのです。

それまで薬のせいで食欲が刺激されて、食べたい欲求だけで生きていました。けれど痩せればきっと快活な自分になれる！　以前のような元氣な私に戻りたい！　その一心でダイエットしました。その結果、9号が着られるように！　その頃、母から「お願いだから食べてちょうだい」と泣きつかれてダイエットを終了しました。

大学3年から2年間、ゼミナールの授業がありました。そのゼミナールで知り合った人と3年生の夏が終わる頃からおつき合いを始めました。のちに結婚する人です。

彼は、私が当時「キチガイ病院」と呼ばれてる病院に通っているにもかかわらず、私を好きになってくれました。当時の結婚適齢期におつき合いしていたこともあり、26歳で結婚しました。結婚が決まった時、入院していた病院まで一緒に結婚の報告に行ってくれました。こんな病院に入った私でも結婚できるなんて！ 退院してもずっと強い薬に悩まされて、恋愛どころではない人もいる……。私は幸せだと思いました。

結婚披露宴はフォーシーズンズホテル。今は椿山荘東京の一部となったホールで150人を招待して行われました。披露宴当日はお姫様になった氣分で過ごしました。

でも、その時は分かっていなかったのです。

「こんな可哀相な私を好きになってくれる、こんな私でも結婚してほしいと言ってくれる、だから結婚しよう」というのが私の本心だったのです。要するに、自分が心から好きだからではなく、こんな私を好きになってくれたから結婚するという思いでした。

しかし、その時は自分の心の奥底を確認することができませんでした。

そのため結婚後、心の中には少しずつ不平不満が溜まっていきました。表面上は自分が好きだから結婚したと思っていました。でも、病氣する前まで好きだった人以上に、結婚相手を愛することは出来ませんでした。

それでも、21年間、一緒に暮らし続けてきた人です。だから、少しでも心を通わせたいと思っていました。彼が大好きだったゲーム「ドラゴンクエスト」を毎日数時間やって、その進捗状況を報告していた時もありました。心からゲームが好きだからではなく、少しでも彼と楽しい話がしたかったからです。

でも、私自身の不満の根本原因は解決できない、そう思っていました。相手とよりよい関係を築くことを放棄し続けました。そのため、ずっと寂しい思いを抱えながら日々を過ごしていたのです。

就職、働くことの難しさを知る

大学3年の終わり、就職活動をする時期になりました。会社を経営する両親からは、「世間で雇ってもらえないような娘は、うちの会社に入れない」と言われました。だから、自分が働きたい会社を探すことにしました。

ちょうど就職活動を開始した時、世間では「バブルが崩壊した」と言われ始めた時期でした。けれどもバブルの余韻が残っていたので、えり好みしなければ内定をもらうことはそんなに難しいことではありません。結果、中堅の住宅資材の卸をする会社に入りました。

販売促進の仕事に就き、充実した日々を送っていました。しかし、人間関係がうまくいかずに約2年で退社しました。ちょうど結婚が決まった時期だったので、表向きは寿退社となりました（「寿退社」という言葉は今では死語かもしれないですね）。

その後、両親の不動産会社で働きます。当初は賃貸部に配属されました。部屋を借りに来る人は土日が多いために、お休みは平日です。土日お休みの結婚相手に合わせるために、日曜日が休みとなる経理の仕事に異動することになりました。

人には得意不得意があります。私は数字を扱うことが非常に苦手でした。しかし、日曜日に休むのなら経理しかないので、仕方なく苦手なことを毎日やることになりました。苦手なことは失敗しやすく、私はミスばかりしていました。

しかし、娘だから仕事をさせてやりたい、そんな親心があったのでしょう。「ミスするなよ」と、その度に父は温かい言葉をかけてくれました。その言葉は有難かったです。だからといって、それでミスが減ることはありません。

私は精神病患者で集中力がないから、仕事ができないのだ！　だめな人間だからミスばかりするのだ！　そうやって自分を責めていました。

また、母には「あんたは氣が利かない」とよく言われました。30歳過ぎても言われ続けたのです。正直「いつになったら私が氣が利くようになるのだろう？」「いつ親に一人前になったと認めてもらえるのだろう？」と思っていました。

向精神薬を止めて、数年経った今だから分かることがあります。それは向精神薬を飲んでいたら、「氣を利かす」という精神的余裕はないということです。

それでも、私より数段氣が利く妹の様子を見て、真似することにチャレンジしました。しかし、なかなかうまくいきません。相変わらず、母に注意される日々が続きました。

苦手な数字と向き合うより、人とかかわる仕事がしたいと考えました。２００５年、36歳の時に2級建築士の資格を取りました。合格率20％の国家資格の試験を一度でクリアしたのです。「うちの娘は一発で2級建築士を受かったぞ！」と父は私を自慢しました。

しかし、そんな父に言われたのです。「メンタルが弱いお前に、建築の打ち合わせなどできるはずがない」と。結局、経理を続けることになりました。でも、やりたくないことを続けることはしんどかったです。精神病患者の私でも働かせてくれるのだから、という思いで働いていましたが、ついに限界がきます。

本当にやりたいことをやらせてくれない父を心の中で責め、私の悪い点ばかりを直そうとする母も心の中で責めました。何より、情けない自分を責め続けました。

その結果、うつ病がひどくなりました。最初は勤務時間を少なくしてもらったり、勤務日を減らしてもらったりしました。しかし、それは根本的な解決にはなりません。結局、精神病院の医師にうつ病の診断書を書いてもらい、会社を辞める決意をしました。2級建築士を取った翌年、私は専業主婦となったのです。

「自律神経失調症」という初めての診断

「自律神経」という言葉をご存知の方も多いと思います。私が初めてその言葉を聞いたのは、約20年前の30代前半でした。まだ働いていた頃、風邪ではないのになんとなく体の調子が悪く、だるい状態が続きました。

内科に行ったところ、医師から「自律神経失調症だね」と言われました。当時は知らない病氣についてネットで調べる手段もなく、そんな病氣があるのか……、という程度の認識でした。

心臓を動かす、食べ物を消化するなどの体の機能は、自分の意志でコントロールできません。自分で「心臓を止めよう」「胃の働きを良くしよう」と思ってもできないですよね。このような働きは自分の意志とは関係なく、自律神経が行っているのです。

緊張している時は交感神経が、リラックス状態では副交感神経が優位になります。この二つの神経――「交感神経と副交感神経のバランスの良い状態」＝「自律神経の働きがいい」と言えます。しかし、交感神経優位な状態が続くと過緊張となり、リラックス状態がつくれません。

私はこの「リラックス状態をつくる」というのが苦手でした。テレビを観る時は集中して観る、Facebookを読んだら直ぐにコメントを書く、何をするのにも過緊張な状態でした。いつも、しなければならない何かに縛られていた感じです。だから何も考えずに、ぼけ〜と過ごすということが苦手でした。膨大に暇があっても常に頭の中はアイドリング状態なのです。

当初精神病院から処方された抗精神病薬だけでは眠れなくなったのは、その頃からでした。元々、夜は寝なければならないという強迫観念がありました。それは、小さい頃から「早く寝なさい」と親に言われ続けたのが原因だと思います。「勉強しなさい」とは一度も言われたことはないですが、「早く寝なさい」だけは口酸っぱく言われました。そして眠れなくなった時、「眠れない私はダメなんだ！」という強い思い込みに捕らわれ、新たに睡眠導入剤を飲んで眠るようになったのです。

最初は「デパス（別名：エチゾラム）」という薬を飲み始めました。これは、精神科だけではなく、内科・整形外科などあらゆる診療科で処方してくれる薬です。その後、「マイスリー」という睡眠導入剤を飲むようになります。

睡眠導入剤で眠るとどんな感じなのか、私の感覚をお伝えします。それはパソコンを強制終了するような感じです。眠る直前に睡眠導入剤を飲み、お布団に入ります。その時は意識がはっきりしていますが、突然、パン！と意識がなくなるのです。

自然な睡眠の場合なら、眠くなり徐々に眠りに入っていきます。しかし、いきなり眠るのです。それは氣を失うようなものです。だから、作動していたパソコンがいきなり動きを止める強制終了に似ていると私は考えています。

そんな眠り方を10年以上も続けました。どうやったら自然に眠れるのか、私の体は忘れていきました。生き物としての本来の機能を手放していったのです。だから、抗精神病薬をやめられても、睡眠導入剤を卒業する時は勇氣が要りました。依存性が高く、これがないと眠れない、と自分で思い込んでしまうからです。睡眠導入剤や睡眠薬についての話は、後程詳しくお伝えします。

さて、今になってみると自分は明らかに「自律神経失調症」だったと思います。私の足はいつも冷えていて、夏のお風呂上りでもパンツを履く前に靴下を履くほどでした。お風呂に入っても、足が温まる感じがしないのです。

冷えるのは足先よりも足首でした。寝る時に冬はレッグウォーマーを着け、夏は「かかとつるつる靴下」という靴下の先が切ってあるような形の靴下を履いて眠っていました。しかし、実際に足首を触ってみると、皮膚の表面は冷たくないのです。でも、自分の体感としては、「冷えている感じがする」のです。そういう悩みが長年続きました。

後に、向精神薬である抗精神病薬と睡眠導入剤を止めてから、足首の冷えがなくなりました。薬を卒業して3年半経った今は、お風呂を上がってから寝るまで素足でいても寒さを感じないようになりました。冷えというのは、いろいろな原因があると思います。その中で「薬の副作用」というのは、見逃されがちなのではないかと考えています。

健康になってから振り返ってみると、他にも「これは自律神経失調症の症状だった！」

と思うものがあります。

それはアイスを食べた時です。もともと、アイスのような冷たいものは、あまり好きではありませんでした。たまに「一緒に食べよう！」と勧められると口にしました。40代後半からでしょうか？ アイスを食べると胃がひんやりします。普通なら胃をアイスの冷たさが通過した後、胃は次第に元の温かい温度に戻ります。しかし、私の場合は一度冷えた胃の内部の温度が上がらないのです。ずっと冷え冷えとしている状態です。

その冷えを取りたくて、温かいお茶やコーヒーを飲みます。でも、その程度では私の胃は納得しません。まだ頑固に冷えたままです。最後の手段として、熱いお味噌汁やスープといった汁ものを飲みます。そういうものを飲むと「温まるわ〜」と感じる方も多いでしょう。私の胃もやっとそこで折れてくれます。「冷えたけど温まってもいいよ！」と言ってくれるのです。

これこそ自律神経がおかしくなっていた一つの症状なのです。実家に行くとアイスを出してくれることがありました。食べてから胃が冷たいと言うと、母はせっせと味噌汁を作ります。母は「大変そうね」と言っていました。でも、それが長年薬を飲んできた影響で、自律神経がおかしくなっていたなどと、母は思ってもいなかったことでしょう。

社交ダンス　夢中になれる生きがいを見つける

私には趣味らしいものがありませんでした。高校時代までは、走ることに夢中でした。しかし、その後は熱中できるものがなかったのです。

そんな中、28歳の時に新たな出逢いがありました。それは社交ダンス――ダンスを始めることになったのです。母はボランティア団体に所属していました。そのボランティア団体がチャリティダンスパーティーを開催することになったのです。

しかし、そのメンバーは誰一人踊れません。「とりあえず、ダンスがどんなものなのか体験しよう！」ということになり、有志でサークルを作りました。当時、私は母と一緒に働いていました。「ねえ、一緒にサークルに行かない？　そして仕事の合間に復習してほしいのよ」との母の誘いに、「うん、いいよ」と私は快諾しました。元々、踊ることには興味があったので、一緒にやってみようと思ったのです。

母とサークルに参加し始めて、週一回のダンスが楽しみになりました。マンボ・ジルバ・ワルツ……。基礎の基礎を教えてもらった時期に、私は夫の実家の近くに家を建てました。習い始めて1年半経った、30歳の時でした。新しい家は、通勤に片道1時間かかります。仕事のあとにダンスをして、1時間かけて帰って家事をする。当時の私には、それだけの体力がありませんでした。結局、その時はダンスから離れました。いつかまたダンスをやろうと決意して……。

前述したように、36歳で父の会社を辞めました。辞めたら、すぐにうつ症状はなくなりました。「じゃあ、ダンスを再開しよう」と地元の広報に掲載されていたダンスサークルに問い合わせをしました。2006年12月、37歳になったばかりの私は、再び踊り始めたのです。最初はサークルで中高年の人たちに交じって、教えてもらいました。そのうちSNSで出会った男性とカップルを組んで、ダンスの競技会にも参加するようになりました。

競技会に出場するのは、とても楽しかったです。JDSF（公益社団法人日本ダンススポーツ連盟）というアマチュアの選手たちが集う団体に所属して、試合に出場しました。最初は6級からチャレンジしました。プロの先生に習い、練習して試合に出る。そうすると、その度に上位入賞して、上の級に上がります。ルンバ・サンバ・チャチャチャといったラテンダンスから始めましたが、ワルツやタンゴといったスタンダード種目にも出場しました。

1級まで上がると次はD級です。更に勝ち進み最終的にラテンはB級、スタンダードはC級まで上がりました。そこでパートナーとカップルを解消しました。

いろいろな原因はありますが一つの大きな原因は、「私はこれ以上、上の級に上がるのは無理。ここまでは楽しく踊れた。でも、ここからは相当努力しないと勝ち上がれない。苦しいダンスはしたくない」そう思ってしまったからです。つまり「ここまでは自分の実力だけど、ここから先は進めない」と自分で制限をかけてしまったのです。

JDSFでは、「指導員」という資格があります。ダンスを楽しみたい人に教えられる資格です。指導員はB級以上の人が受験できます。友人から「B級になったのだから、指導員(の試験)を受けたら?」と言われました。

「そっか! 私はダンスを教えられるだけの資格があるのか! 人にダンスを教えてみたい!!」そう思い、試験を受けました。そして、晴れてダンスの指導員になりました。だからといって、すぐに教えられるようになるわけではありません。何故なら、私は女性の動きしか踊れないからです。男性の動きを理解するために、古巣のサークルに戻りました。そして、女性のお相手をして男性役を踊りました。

男性役で踊り始めて1年経った頃のことです。同じサークルの仲間に、「新しくサークルを作って教え始めたらどうか？」と言われました。そこで近所の人にも協力してもらい、市の認定サークルを作りました。そして、地元の公共施設でダンスを教え始めます。ダンスの教科書を使ってステップの研究をしました。そして、サークルの生徒さんに教えました。自分が人の役に立てることが、何より嬉しかったです。平均して５人くらいの生徒さんがいました。離婚するまでの約２年の間、私のことを先生と呼んでくれた仲間でした。

一方で、自分自身の踊りを人に観てもらいたいとも思いました。競技を引退してからはプロの先生と踊っていました。レッスンを受けて、「ダンスパーティーでデモンストレーションをする」あるいは、「プロの先生とカップルを組んでプロアマミックスコンペという競技会に出場する」という活動をしていました。それは、とてもお金のかかるものでした。

レッスン料は、教えてもらう先生のプロ競技大会の級（実績）によって変わります。また、A級の先生の中でも、予選落ちをする先生とファイナリストでは、料金が変わるのです。私が習ったことのある先生は25分、あるいは30分で５０００円、トップ選手に習った時は30分7000円でした。ペアレッスンなら二人で半額を負担すればいいですが、一人でレッスンを受けたら全額を支払います。それは至極当然のことなのですが、それまで半額だったものを全額を払うことになるのは、正直負担でした。

そして、デモンストレーションは通常、ホテルの披露宴会場で行われるケースが多いので、観るだけでも3万円はかかります。何故なら、パーティーではフルコースの料理が出るし、会場費も高いからです（会場によってはもっと高額なケースもあります）。加えてデモンストレーションの出演料、先生に支払うパートナー料、ドレス代、当日のヘアメイクなど……。

趣味としては結構な出費です。私はありがたいことに、夫の給与がよかったのと親の会社から役員報酬をいただいていたので、ダンスを続けることができました。ダンスは楽しいものですが、現状お金がないと踊れないのです。

パートナーがいる場合は競技会に参加する、あるいは、一緒にダンスパーティーで踊るという選択肢があります（注：ダンスパーティーは、ホテルで開催される高額なものから、地域の施設で開催されるワンコインパーティーまで様々です）。

パートナーがいない場合は、先生と踊る、またはダンスパーティーに行き、その場で相手を探して踊る、あるいはサークルで踊る、この程度しか選択肢がありません。それは私にとってとても悲しいことです。今後、もっとリーズナブルに、もっと氣軽にダンスを楽しめる環境を創りたいという思いがあります。

陸上をやめて以来、ダンスという夢中になるものができました。「生きがい」と呼べるものを見つけることができたのです。

不足している栄養を補うオーソモレキュラー（分子整合栄養療法）

ダンスを始めて、元氣はつらつ！ 充実した日常を送れるようになったと思うかもしれません。でも、踊る時以外は心の中がどんよりしていました。精神病患者でいる自分がとても嫌で、心のどこかで自分を卑下していました。そして、それを隠すように自分がうまくいかないのは、「親のせい」「夫のせい」「環境のせい」だと愚痴ばかりをこぼしていました。

例えば、旦那さんは私と一緒の時間を過ごしたい人でした。サラリーマンだったのでお休みは土日です。でもダンスのイベントは土日が多いのです。私がやりたいことをやると彼とは一緒にいられません。１００回くらい旦那さんをダンスを誘いましたが、その度に断わられました。

競技会は月に1回だけ出場すると決めていました。旦那さんの機嫌を損ねたくなかったからです。しかし、ＪＤＳＦ傘下の地元のダンススポーツ協会の役員になってからは、その活動のお手伝いをすることが増え、土日の外出がおのずと増えます。そのことで何度かけんかになり、私が中途半端に折れて我慢しました。その結果、ストレスをため込み、やりたいことができないことを夫のせいにしていたのです。

愚痴や不満を、犬の散歩の時に会った人に話しました。しかし、話したところで何ら問題の解決にはなりません。その結果、私の体の調子はどんどん悪くなりました。

競技会に参加していた30代後半から、毎年夏になると寝込んでいました。2、3日に1回内科に点滴を受けに行き、それ以外は一日中寝て過ごしました。だるくて動けないのです。微熱はあったものの、咳が出るなどの特定の症状はありませんでした。しかし、何故か少し涼しくなると元の生活に戻れました。

一回だけ寝込まなかった夏がありました。それはピル（経口避妊薬）を飲んでいる時でした。生理痛がつらくて、産婦人科でピルを処方してもらったのです。その後、糖質制限という食事方法をして少し体調がよくなりました。当時たくさんの薬を服用していた私は、「体調改善を機に減薬したい！」と思うようになります。

そのピルを止めたのが2015年3月です。そこでドカンと体調が悪化しました。とにかく起きていられなかったのです。糖質制限している仲間から、「オーソモレキュラー（分子整合栄養療法）というのがあるよ」と教えてもらいました。栄養状態が悪いから体の具合が悪い、不足している栄養をガツンと補充して健康になろう――大雑把に説明すると、そういう理論の治療法です。

オーソモレキュラーの第一人者といわれる溝口徹先生の新宿溝口クリニックに行き始めました。院長の溝口先生ではなく、他の先生が担当医師でした。

オーソモレキュラーでは、健康診断より細かい検査内容で、体にどんな栄養が不足しているかを調べます。総蛋白・コレステロール・AST・γ《ガンマ》‐GDPなどという一般的な血液検査以外の項目としては、血清鉄・血清銅・フェリチンなど、総検査項目は93項目にも及びます。先ほど血液検査と書きましたが尿検査もあり、尿蛋白やケトン体を検査します。

２０１５年４月５日の初診の検査結果は「Ｄ判定・顕著な栄養障害が見受けられます」とのことでした。こんなに具合悪いのは栄養が足りていないからだと思い、クリニックで勧めるサプリメントを摂り始めました。クリニックでは体によい素材を原料としたサプリメントを勧めていて、正直値段は高いです。

例えば、「ビタミンＤ」のサプリメント。溝口徹先生の著書「最強の栄養療法『オーソモレキュラー入門』」によると、一般的なビタミンＤのサプリメントは羊毛に紫外線を照射することによって生成されたものを使っているのだとか。高額なビタミンＤのサプリメントの原材料は、精製されたタラの肝油が使われているそうです。

向精神薬がもたらす副腎疲労症候群（アドレナルファティーグ）

かなり脱線したので、話を戻します。

新宿溝口クリニックのサプリメントの提案書には、２種類のコースが提案されていました。高いコースで月６万円、もう一方で３万９千円です。

検査も保険適用外です。現在の料金は、診察料・血液検査・栄養解析で3万250円でした（新宿溝口クリニックHP http://www.shinjuku-clinic.jp/ より）。

さすがに月6万円を捻出するのは容易ではなく、4万円弱の支払いも厳しいと思いました。しかし、このままではどうしようもない……。結局毎月3万9千円を支払い、サプリメントを飲んで体の中を改善していくことにしました。

そして、ピルの服用を止めた後の強烈なだるさの原因を探るため、他の検査も受けることにしました。このピルとだるさ（疲労感）に関しては、ホルモン（神経伝達物質）が大きく影響していることが分かりました。私の場合、興奮を喚起させるホルモン（アドレナリンやノンアドレナリン、コルチゾールなど）の分泌の調整がうまくいかなくなっていたのです。

これらのホルモンを作り出すのは副腎という臓器です。副腎は腎臓の上にちょこんと乗っていますが、腎臓とは全く別の臓器です。

私はその副腎からのホルモンの分泌をコントロールできなくなっていました。これを副腎疲労症候群（アドレナルファティーグ）といいます。まだ日本ではあまり聞きなれない病氣かもしれませんが、私のように慢性的な疲れを感じている人は皆、副腎疲労だと言ってても過言ではありません。今回執筆するうえで調べた結果、これも長年服用していた向精神薬の影響が大きいことが分かりました。

一日を元氣よく活動するために必要なホルモンが「コルチゾール」です。コルチゾールは血液検査ではなく、唾液で調べます。私は実際に唾液を採取して検査しました。左ページの検査結果表がその検査結果です。

コルチゾールは、「朝たくさん分泌し、夜になるにつれて少なくなっていく」というサイクルを持っています。朝活動できるために多く分泌して次第に減っていき、夜はリラックスして眠れるように分泌が抑えられるのです。

左ページの検査結果表のグラフが示すように、私の場合は、朝のコルチゾールの量が健康な人の昼頃の分泌量しかありません。夕方には就寝時と同じくらいに減っています。「活動するぞ！」というホルモンが圧倒的に不足していたのです。

婦人科で処方されるピルは、不足している女性ホルモンを補う薬です。この女性ホルモンは、副腎から作り出すホルモンと似たような性質があり補完しあっています。だからピルが、副腎から出すホルモンの不足分を補ってくれていたのです。そのピルの服用を止めた途端、ホルモンをコントロールできなくなり、疲労感で起きていられないとい

[redacted] 様 （ID： 210175 ） 採取日： 2015-05-21

採取時刻	8:00	12:00	16:00	24:00
唾液中コルチゾール（μg/dl）	0.401	0.130	0.025	0.012

※0.012未満

DHEA-S（μg/dl）	--

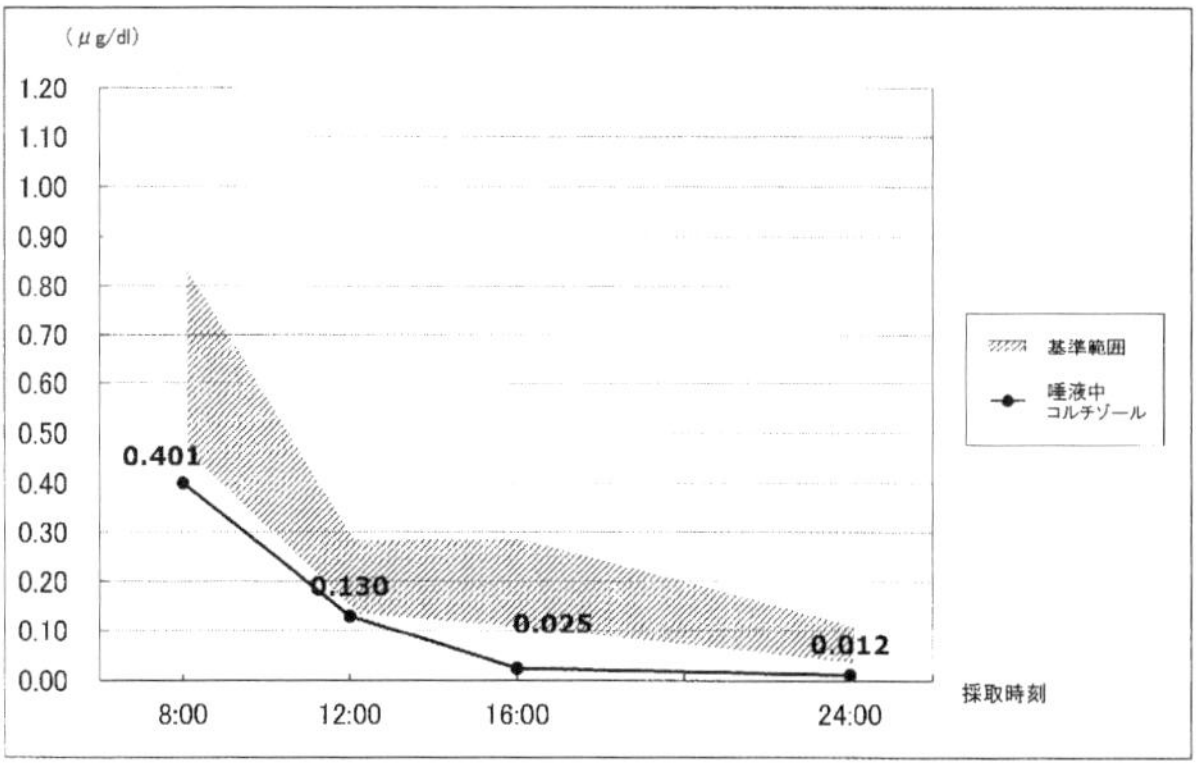

※ 唾液中コルチゾールの日内変動：午前8時頃に最高値を示し、以後次第に減少、午前0時頃に最低値となる。

医療法人回生會　新宿溝口クリニック

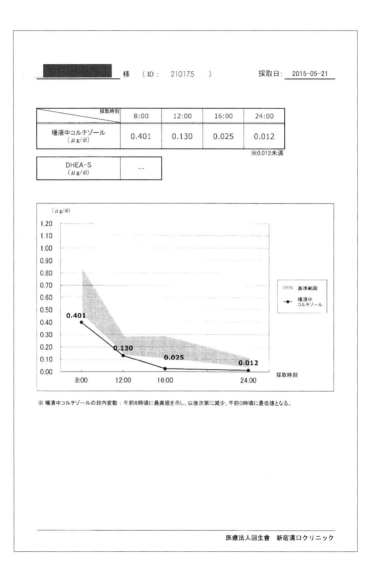

う事態を招いたのです。

この副腎疲労も栄養を補給することで治ると言われています。私は副腎疲労に有用だと言われる「DHEA」のサプリメントを摂りました。しかし、1年以上服用しても改善する兆しは見えませんでした。やはり、栄養を補充するだけでは元氣になれなかったのです。後の章でもお伝えしますが、様々な習慣を変えることで少しずつ健康を取り戻していくことができました。

そして、現在やっと元氣になってきた私の経験からお伝えしたいことがあります。それは、コルチゾールや他の興奮系のホルモンが出る必要のない環境を整えることが非常に重要だということです。例えば、テレビやSNS、ゲームなどです。そういうものを避ければ興奮する頻度が減り、疲労した副腎にダメージを与えず、副腎を労わることができます。

そもそも向精神薬を長年飲み続けていたら、副腎へのダメージが大きくなります。ホルモンの分泌を薬でコントロールするわけですから、本来の副腎としての機能が果たせなくなっていきます。向精神薬は本当に恐ろしいものだということを、身をもって証明したと思います。

遅延性食物アレルギー検査
精神的に落ち込み寝てばかりいる生活

その当時、どのような一日の過ごし方をしていたのか、振り返ってみたいと思います。

朝6時半に起きて犬の散歩をし、自分の朝ごはんを食べます。旦那さんを起こし、生の野菜ジュースとゆで卵を作り、朝風呂から出てきた彼に出します。その後、彼を送り出したら洗濯して布団に直行です。

朝は起きられるのです。でも、起きて数時間経った9時頃には、だるくてどうしても起きていられなくなります。お昼頃には、ご飯を食べるために起きますが、午後はだるくなり再び布団の中へ。夕方、犬の散歩のためにノソノソと起きます。散歩で会う犬友達とおしゃべりをして帰宅。夕飯を一人で食べ、遅くに帰ってくる旦那さんの食事の用意をして23時半には寝る。そんな一日の生活でした。

溝口クリニックでは多くの検査を受けました。先ほどの唾液検査の他、遅延性食物アレルギーの検査もしました。

一般的に食物アレルギーというと、食べてすぐに症状がでるのをイメージすると思います。例えば食べた直後に湿疹が出たり、ショック症状が出たりといった場合です。それは即時アレルギー反応と呼ばれ、ＩｇＥ抗体というもので反応します。

しかし、食べ物を食べてしばらく時間が経ってから、アレルギー反応が出るケースもあるのです。それは、ＩｇＧ抗体により検査することができます。このＩｇＧで検査するのが「遅延性食物アレルギー検査」です。

この検査も保険が使えないので高額です。今は国内でも検査機関がありますが、その時は血液をアメリカに送って検査しました。この検査の結果、私には多くのアレルギーがあることが判明しました。そのうちの一つが小麦のたんぱく質「グルテン」です。すぐに小麦を含む食品を止める必要に迫られました。

実は、「小麦を止めた方がいいですよ」と言われた時、少し嬉しかったのです。何故なら、「もうラーメンを食べる必要がない！」と思ったからです。

旦那さんはとてもラーメンが好きな人でした。一緒に出かける時は、「何を食べる?」ではなく、「どこのラーメン屋さんに行く?」と聞かれていました。外食するならラーメンという前提があったのです。元々、自分が心から好きだったのではなく、旦那さんに付き合ってあげたら喜んでくれるだろう、という思いだけでラーメンを食べていたのです。

しかし、日頃の食生活を観察すると、友達とランチする時は「パスタ」、間食は「パン」、デリバリーするなら「ピザ」という感じで、頻繁に小麦（グルテン）を食べていたのです。遅延性食物アレルギー検査でグルテンが私の体に悪さをしていることが分かり、パンや麺類を食べることを止めました。結果、グルテンを食べなくなっただけで、少し元氣になりました。

しかし、解決できないどうしようもない体の不調は続きました。オーソモレキュラーを受け始めた2015年から翌年の夏までは夕方まで寝る生活を、その後、別居する2017年2月まではお昼頃まで寝て、午後はテレビのワイドショーを見て過ごすという生活をしていました。

時にはFacebookの糖質制限グループで知り合った友達と会ったり、栄養系のセミナーに参加したりはしていました。しかし、約束してもだるくて起きられず、ドタキャンすることも度々でした。

また、その間、何度か担当医が変わりました。途中から漢方薬も試してみることになり、漢方専門医に担当が変更。実はそれが、さらなる薬漬けになる第一歩だったのです。精神病院にも通いながらだったので、薬は増えるばかりでした。

花粉症・機能性低血糖症・更年期障害・氣象病いろいろな病氣が襲ってくる日々

統合失調症以外にも多くの病氣を抱えていました。

一番辛かったのはアレルギーです。前述した遅延性アレルギーは、主に食べ物のアレルギーです。それとは別に、元々「花粉症のアレルギー」がありました。スギ・ヒノキ・ブタクサ・イネの4種類のアレルギーで、一年中で鼻水を垂らしている状態でした。

特にスギ花粉の時期は最悪です。耳鼻科で処方された薬を飲んでも、鼻水が止まりません。そのためティッシュを鼻に突っ込んでました。格好悪いから、マスクをして隠していました。

鼻を塞いでいるので、当然「口呼吸」となります。口で呼吸すると、喉が渇くし痛くなります。鼻呼吸ほど効率よく脳に酸素が行き渡りません。加えて花粉症の薬の副作用で頭がぼーっとします。酸欠と薬の副作用で花粉の時期は、いつも以上に頭の働きがよくありませんでした。

これは後日談ですが、こんなに酷かったアレルギー症状が改善します。向精神薬を卒業したのち、健康になるために栄養に氣をつけ、心の内面の問題にも取り組みました。その結果、向精神薬を卒業して2年で、アレルギーの薬も飲まずに生活することができるようになりました。

そして、これはまだ30代前半のエピソードです。朝、犬の散歩をし、ごはんを食べてから身支度をして、会社に行くために自転車で駅まで向かう時のことです。

「疲れたな、体がしんどい。起きた時は元氣だったのに、もう疲れてきちゃった。一日は始まったばかりなのに。でも、氣合と根性で今日も仕事するぞ！　でも、このトシで疲れていたら老後はどうなってしまうのだろうか……」と毎朝暗澹《あんたん》とした氣持ちになっていました。今考えると、この症状はおそらく「機能性低血糖症」だと思います。この機能性低血糖症という病名を知らない人も多いでしょう。普通の内科では診断されない症状だからです。

機能性低血糖症の診断のためには、保険適用外の検査「五時間糖負荷試験」をする必要があります。糖を摂取してから、どのように血糖値が変化するかを検査するものです。ちなみに通常の血糖値検査は、「空腹時血糖検査」です。

私は、三食以外にも小腹が空くと甘いものばかりを食べていました。当然、糖質（甘いもの）を食べると血糖値が上がります。通常、食事の時のご飯やパンといった主食を食べれば、その度に血糖値は上がります。1日3回主食を食べれば3回血糖値は上下します。その血糖値が上がって下がりきらないうちに、甘いものを食べて血糖値を上げてしまうのです。

実は食べる物と氣分（感情）はリンクしているというメカニズムがあります。血糖値が上がっていく時は多幸感を感じますが、下がる時は氣分が滅入ります。いわゆるテンションが下がるのです。それが嫌で脳が甘いものを欲しがり、甘いものを食べてしまうのです。

結局、私は食べ物によっていつも血糖値を上げていました。この血糖値の急激な上げ下げが低血糖症を引き起こします。具体的にはイライラしたり、不眠だったり、だるかったり、といった症状が出ます。実は、この症状を精神的な病氣だと思い違えて、精神科にかかる人も多いようです。

腸内環境の改善と血糖値の上げ下げを減らすことで、この低血糖症状は治まります。治まりますが、短期間で改善するものではありません。私の場合は、何と約三年を要しました。

いろいろな病氣の中には「更年期障害」もありました。46歳の時、自分の不調が更年期障害かも？ と思い婦人科へ行きました。せっかくピルをやめたのに、再び通い始めたのです。月1回の通院で女性ホルモンを補充する薬を服用。飲み薬が増えました。

更年期障害が一番つらかった時、独特の症状がありました。背中にぞくぞくと寒氣を感じます。寒いからといって使い捨てカイロを貼ってみます。しかし、今度は熱いばかり。自分の氣持ちいい感覚とは程遠いところを行ったり来たりします。暑さ寒さを感じることをコントロールできずにいました。これは、まさしく自律神経がうまく機能していなかった証拠だと、今なら考えられます。更年期障害も自律神経の伝達がスムーズにいかなくなった影響なのかもしれません。そしてホルモンのバランスが崩れている影響で、心のバランスも取りづらい状況が続きました。不安を感じる時間が多くなり、自分はだめだとぼんやり考える時間が増えたのです。

また、困った症状の一つに「氣象病」がありました。最近命名されたばかりなので、この病名を知らないかもしれません。氣圧の変化によって体調を崩す病氣です。

「氣圧が人の体内の細胞一つ一つの水分（水圧）に影響を与える」と言ったらイメージできるかもしれません。氣象病の人は、それをダイレクトに影響を受けすぎてしまうのだと思います。

氣圧の影響を受けても、ある程度自分で対応できる力が元来人間には備わっています。しかし、その対応力が低下した場合、氣圧が下がる（天氣が悪くなる）と具合が悪くなってしまうのです。一般的には頭痛がする人が多いようです。

私の場合は、体が痛くなり、起きていられなくなりました。雨の日は一日中寝ていました。夜中、寝ている時でも外で雨が降ってきたことが分かるのです。それは突然、全身にビビっと痛みが走るからです。

心のどこかで「私は繊細で敏感だから氣圧によって具合が悪くなるんだ」と体調不良の自分を賛美していた氣がします。敏感だから苦しむのは仕方ないと、「敏感な自分」を美化していました。

精神病院のリピート顧客となった私

ちょっと話は遡《さかのぼ》ります。

私は精神病院を退院後、同じ病院に通院していました。最初は2週に1回通いました。

大学の授業が始まると月2回の通院は大変だということで、４週に1回のペースで通い続けました。

毎日飲む薬代を払うのは、正直経済的に負担でした。病院の待合室で他の患者さんから、支払いを減らす方法を教えてもらいました。それが、精神保健福祉法第32条による「通院医療公費負担制度」（注・平成18年3月に廃止。現在は「自立支援医療（精神通院）制度で同様のサービスが受けられる）です。通常、病院にかかる時は3割を患者個人が負担します。しかし、この制度を利用すれば５％負担するだけで済むのです。

実際に、制度を利用する前は2週に1回の時で、３５００円程度を負担していました。制度を利用して4週に1回になってからは、１回の支払いが１２００円程度になったのです。実際に自分で払う金額が少なくても、国が代わりに払ってくれます。医者は、診察代や薬の処方箋代を受け取れさえすれば、問題ありません。どこから支払ってもらっても構わないからです。

30歳の時、引越しを契機に、それまで11年間通っていた病院から初めて転院をしました。引越し先の隣駅にあるクリニックです。そこには30歳から46歳まで通いました。

診察内容はいつも同じです。

「変わりないですか？　状態はどうですか？」と聞かれます。

「最近、こうなんですよ……」と近況を報告します。

「それはいいですね。そのまま薬を続けましょう」と、以上です。

検査をするわけでもなく、おしゃべりするだけです。次の予約をし、薬局に行って同じ薬を処方されて帰るのです。それを毎月毎月、この病院（クリニック）だけで16年間も通いました。

毎月、同じ曜日、だいたい同じ時間に行きます。そうすると、待合室にいる患者さんは、いつも同じ顔触れです。明らかに自分より「症状が悪い」人もいます。でも、同じ精神病患者です。私も「健康な人とは違う、精神を患っている人間なのだ」というアイデンティティを自分の脳内に刷り込んで帰ってくるのです。

たいして具合は悪くないけど、病院に行って薬をもらってこよう。そう思って出かけたら余計具合悪くなった。そのような経験をしたことはないでしょうか？　それは周りが病人だらけだと、自分も同じ病人なのだという「ミラーニューロン」を受けてしまうからです。

ミラーニューロンとは、人間の脳内の神経細胞のひとつです。相手の行動を見て、自分自身も同じ行動をとりたくなります。病院でたくさんの病人を見れば、自分も病人だと認識してしまうのです。

私の場合は、統合失調症らしい症状は何もありませんでした。でも、精神病院に行くと「ああ！ 私も精神病患者なのだ」と認識してしまいます。精神病患者らしい振る舞いを自然としてしまうのです。

退院してしばらく飲んでいた薬は、頭が朦朧《もうろう》とするほど強い薬でした。しかし、大学を卒業する頃は薬が軽くなっていました。だから、就職しても毎日通勤することもできて、症状が悪化して再入院することもありませんでした。

他人に「うつ病になったことがあるんだ」と言っても、「え～～！ そうなの？ 明るいから全然そういう風に見えない！」と言われたものです。人から健常者に見えるのに、せっせと病院に通いました。病院に行けば、「はい、また来月来てくださいね」と言われます。それを従順に守っていたのです。それは「一生薬を飲まないといけないですよ」と退院時の言葉に縛られていたからです。

この言葉の影響で、私はずっと精神病院に通いました。自分で負担している金額は少ないかもしれません。しかし、病院からみれば、毎月必ずお金を落としてくれる大事な顧客です。それも営業努力することもなく、相手が勝手にやってきます。医者から「来ないでいいですよ」と言わなければ、ずっとお金を払いに来てくれる上顧客なのです。

精神病患者は、必ず薬漬けになります。何故ならその薬は依存性があり、簡単にやめられません。たばこやお酒の比ではないです。何故なら、向精神薬の成分は麻薬と変わらないからです。従順にお金を落としてくれる患者を、精神科医たちは手放しはしないのです。

第4章

うまくいかない人生を変える

脱・向精神薬

自分を変えるための第一歩として離婚を決意

今の生活のままでいいのだろうか？　寝込む日々が続き、そのように考えるようになりました。

生活に変化を求めて、少し働きたいと思う時もありました。しかし、旦那さんを見送ってから夕方の犬の散歩までの時間にできる仕事は、限られています。何より現実問題として、体調不良の私が出来る仕事などありませんでした。

毎日、不自由なく暮らしていました。しかし、やりたいことが制限されていると感じている日々でした。見えない鎖に繋がれている感覚です。ずっと今の生活が続くことが、それは私にとって幸せなことなのだろうか？　そう思い悩むようになっていたのです。

30代後半のある日に書き記したものが残っています。

――一昨日と同じ昨日があり、昨日と同じ今日がある。そして、また変わらない明日がある。これがずっとこのまま続いていくのだろうか――

犬の散歩の途中で、夕日を見ながら感じたことでした。そのような軽い絶望感を感じながら生きていました。

今のままじゃうまくいかないのであれば、「離婚したい」と考えるようになりました。でも、親しくなった御近所さんや犬友達たちと別れてしまうことが辛い！ 慣れ親しんだこの土地に残ったまま離婚することができるのか？ それとも、そもそも離婚しなくてもうまくいく方法はあるのか？ 自問自答を繰り返す日々でした。

また、旦那さんが大嫌いで別れたい訳ではありませんでした。だから、離婚することがいいことなのかも、分かりませんでした。

でも、何故か「今のままでは人生が終わる時に後悔するだろう」ということだけは分かっていました。悩みに悩んだ末に、ついに「離婚する」と決めました。

どうすれば離婚できるのか、皆目見当もつきません。しかし、最初に物を捨てることから始めました。離婚するとしたら、犬と一緒に1Kか1DKの部屋に住むことになります。そこには今あるたくさんの荷物を持ってはいけません。ならば持っていく荷物を最小限にしないといけない、そう考えたのです。

そう決断したら、必要なものと不必要なものをはっきりと区別できるようになりました。ほとんど着ていない洋服やブランドバックは、リサイクルショップへ持って行き、あとはどんどん捨てました。

元来、ストレス解消で買い物をすることが多かったのですが、そんなに高額なものを買うことはありません。ブランドバックは、父が海外旅行に行った際におねだりして買ってきてもらったものです。洋服は生協のチラシに載っている1万円以下のものがほとんどです。出かける元氣がないので、カタログショッピングばかりしていたからです。

そして、いざ物を捨てようとしたら、まだ袋から出していないシャツや同じようなデザインの服が山ほど出てきました。「こんなのも持っていたの?」と捨てる時になって、自分が持っていた洋服の量にびっくりです。季節が変わる度に、毎回何かしら買っていたからです。

洋服に限らず、雑貨もたくさんありました。家中に物が溢《あふ》れていました。収納する場所がなく、生活の場に物がごちゃごちゃとありました。

書類もたくさんありました。氣がつけば、20代の頃の給料明細や結婚前の年賀状まで保存していました。それを毎日シュレッダーにかけました。21年分の書類関係を処分するのは、とても根氣のいることでした。

いつか引っ越す時のための荷物が片つき始めました。旦那さんは、「何やら始めたみたいだな」という感じで見ていました。

２０１７年2月のことでした。旦那さんと一緒に夕飯を食べたあと、私は機嫌を損ねたまま寝室に引きこもりました。何故機嫌が悪くなったのか、憶えていません。憶えていませんが、機嫌が悪くなったのは私だけではなく、旦那さんも同じでした。

一般的に、ずっと具合悪い奥さんと一緒に暮らすだけでも、氣分が滅入ってくるものです。でも、旦那さんは私が寝込んでいても、何も文句を言わない人でした。

しかし、その日、彼の感情に火をつけるものがあったようです。

突然、私が寝ている部屋に入ってくるなり、布団をめくりました。

「ふざけんじゃねえよ！」

旦那さんは尋常ではない怒りを爆発させました。それまで溜まっていた鬱憤《うっぷん》を全部吐き出しました。21年一緒に暮らしていて、声を荒らげることがほとんどなかった人でした。その彼が激高したのです。

妻と楽しく一緒に過ごしたいのに、いつも寝込んでいる。仕事から帰ってきてもご飯を出すなり寝てしまう。なにより妻の心が離れていてる感じがする――彼の心の中が寂しさでいっぱいだったのは、想像に難くありません。

私はそれまで不満があっても、料理だけは愛情をもって作っていました。彼が「ごちそうさま！」と言う時に笑顔になれるように努力していました。しかし、離婚すると決めてから、料理に愛情を注ぐことを止めました。それを彼は感じ取ったのでしょう。結果、イライラが募り、怒りを爆発させたのだと思います。

今だから、このように冷静に分析できますが、その日は今まで感じたことのない恐怖に晒《さら》されて、薬を飲んでも眠れませんでした。そんな恐怖におびえながら、頭の隅ではこう考えていました。

「これって言葉の暴力ではないだろうか？　そうだとしたら離婚する正当な事由になるのではないだろうか？」と。もし、これを読んでいるあなたが男性だったら、この冷静さについて「女は怖いな！」と思うかもしれません。

結局、次の日に「こんな怖い思いをさせられた人と、もう一緒には暮らせない」と旦那さんに告げたのです。数日間、旦那さんと話し合いをしました。旦那さんは別れたくありませんでした。しかし、最終的に私の意志を尊重してくれました。

そして、以前から通っていた新宿溝口クリニックで、「安静にするために今の環境より、実家に戻って静養した方がいい」との診断書を書いてもらい、愛犬とともに実家に移ることになりました。

実家に戻ってみたものの孤独で変わらない苦しい症状

私は実家に帰りました。

実家と言っても、住んだことのない家でした。私が嫁に行ってから、両親が新しく土地を購入して建てた家です。遊びに行った時、お茶をごちそうになって帰るだけの家でした。だから、実家といえども、お皿の場所も分からないし、電氣のスイッチの場所さえ不明、全部どこに何があるかわからない、そんな状態でした。何をするにも母に聞かなければならない、それがストレスになりました。

実家に戻った時は、数日分の洋服や身の回りのものだけを持っていきました。また取りに戻ると思っていたからです。しかし、結局は数回に分けて旦那さんが運んでくれました。

このように書くと、運んでくれた旦那さんに感謝しているように見えるかもしれません。しかし、その時はメールで持ってきてほしいもの指示して運んでもらい、足りないと旦那さんを責める、ということをしていました。今、考えるとわがままの極みでした。

そして、突然帰ってきた娘に対して両親は戸惑っていました。その頃、ちょうど両親の会社で大きなイベントがあり、多忙な時期でした。正直、娘に構っていられません。それなのに娘は不満ばかりを口にします。「面倒くさいな」と私の両親だけではなく、誰しもそう思うでしょう。

また、両親は、結婚した娘が出戻ってくることは世間的にみっともない、そういう価値観を持っていたように思います。だから、それ以上みっともない真似をしないようにと母はいろいろと私にアドバイスしました。例えば「夜な夜な飲み歩かないでね」というようなことです。

こちらとしては、具合が悪くて帰ってきたので、養生するつもりでした。外で遊び歩くような氣力も体力もありません。母がイメージする私と実際の私の健康状態は、かけ離れていたのです。

母は家にいる私に、家事を頼んで会社へ行きました。私は居候の身なので、頼まれたことをやりました。やりましたが「なんで具合悪い私がこんなことしないといけないのよ」と心の中では悪態をついていました。

また、母は私以上にアレルギー体質でした。特に犬の毛のアレルギーがひどいので、飼い犬を途中から外で飼うようになったほどです。だから、母は私の愛犬リンを家の中で飼うことに、抵抗があったようです。

私は寝起きしていた和室から、リンを出さないようにしていました。リンは知らない家に来たのに、私とべったりと一緒にいられないことが、ストレスに感じていたようです。でも、生き延びるために両親に媚《こび》を売っているように見えました。

そして、実家に引越してきて、数日経った夜中のことです。

私は心から死にたくなりました。夫と別れることになり、実家の両親は私の行動に注文をつけるばかりの日々……。私のことを心から愛してくれる人はいない、私は誰にも愛されていない、誰も私のことなんて分かってくれない、世界中の人が私を無視している、と思い詰めたのです。

でも、死にたいと思っても、自分から死ぬ氣力さえありません。誰かに殺してほしいと氣が狂う寸前でした。しかし、その時ふと隣にリンの氣配を感じたのです。

リンは２０１１年東日本大震災の時まで、福島原子力発電所20キロ圏内で暮らしていました。そのエリアの住人は震災直後に、20キロ圏内から退去しなくてはならなくなり、リンの飼い主はドックレスキューにリンを預けました。福島からはるか離れた神奈川県寒川町にその施設はありました。突然、家に住めなくなった人々のペットが収容される施設です。

私は当時、専業主婦でダンスと通院以外に予定がありません。その前に飼っていた愛犬フックが亡くなった後でもあり、その寒川の施設まで犬の世話をするお散歩ボランティアにでかけました。

当時住んでいた場所から寒川までの所要時間は片道2時間半。数回ボランティアに通いました。その3回目の時に出会ったのがリンです。リンは黒いラブラドールレトリバーの血が入ったミックス（雑種）でした。まだ小さく、三段ゲージの一番上にいました。そのゲージの扉にガムテープが貼ってあり、そこにマジックで「リン」と書いてあったのを鮮明に覚えています。

その施設では一匹ずつ散歩をします。リンはゲージから出してあげると、全身で喜びを表現します。でもゲージを出してもらうまで我慢できなかったのか、いつもお尻が汚れています。それを拭いてあげてお散歩です。

外に出るとリンは、「あ～、葉っぱが飛んでいる～！」と、風に乗って飛んでいる葉を目で追いかけます。その天真爛漫《てんしんらんまん》な感じがとてもキュートでした。数回リンの世話をするうちに、「この子をそばに置きたい、一緒に暮らしたい」と思うようになりました。

震災から2ヶ月経った2011年5月のことです。旦那さんと共に施設まで行きました。「この子を引き取りたいんだけどいい？」「かわいいね。いいよ！」こうしてリンは我が家の一員となりました。

元の飼い主さんが分かっていたので、当初は「一時的に預かる」形でした。でも、私がリンをとても大切にしていることを元の飼い主さんに伝えていました。「そちらでかわいがってもらえるのなら……」と同じ年の9月に、リンは正式に我が家の飼い犬になりました。そんな経緯のある犬がリンでした。

死にたくなった時、「私が死んだらリンはどうなるのだろう？」と考えました。

――前の飼い主さんと別れ、また私とも別れてしまう。そして実家の両親はリンを飼える環境ではない。もし新しい飼い主さんと出逢えなければ、殺処分になってしまう――

そんなのは絶対にだめだ！　リンは私が寝込んでいる時も一緒にそばで寝ていてくれた、実家でも黙って一緒にいてくれる、そんなリンを残して死んではいけない！　と思ったのです。結果的にリンが私の命を救ってくれたことになります。

そして、リンの氣配を感じながら、真っ暗な部屋でノートを取り出し、心の苦しみをすべて書きなぐりました。自分でも書いている文字は全く見えていません。でも、自分の想いをそこに書いたことで、その晩は眠りに就くことができました。後日、そのノートを開くことなく捨てました。私の怨《えん》がそこに乗り移っているかのように感じたからでした。

実家にいては両親は氣を遣うし、私もリンも落ち着かない。「リンと二人で住もう！」と、私は実家のある市内でペットが飼える賃貸物件を探し始めました。そして、広めの1Kのマンションを見つけ、引越しをしたのです。

旦那さんと一緒に暮らしていた一軒家は諸事情により、解体し土地を売却しました。建ててわずか16年の家でした。10年を超えてからは外壁修繕や白アリの防虫工事とお金がかかりました。また、二階の日当たりのよい部屋のフローリングは、剥《は》げてきていました。その床を見るたびに、「ああ、私はこの家と共に朽ちていくのだろうか？」と思っていました。でも、その切ない予想は全く違う形へと進展していきました。家は壊され、私は別の道を進み始めたのです。

一人暮らし、全身の激痛――ストレスによる身体性表現障害

１Ｋのマンションに引越した直後のことでした。それまで実家での生活でストレスを溜めていったのでしょう。度々、全身に痛みが走るようになります。ある日の早朝、あまりにも苦しくなり母に電話しました。救急車を呼んでもらい、市内の病院へ。しかし、ＭＲＩ検査をしても何も問題ありませんでした。

しかし、診察の時に言われました。

「いつもこんなに血圧高いの？」

「え？　いくつだったのですか？」

「１８０だよ」

それまで高血圧だったことはありません。その数字に驚きました。

その日は痛み止めの点滴を受けて帰りました。途中で母とファミリーレストランに寄り、遅めの朝ごはんを食べました。その時、「今日は会議のある日じゃなくてよかったわ」と母が言ったのです。母にしてみれば、プライベートなことで会社に迷惑をかけなくてよかった、と考えていたのでしょう。しかし、その時の私は「私の体より会社の方が大事なのね！」と心の中で憤慨していたのです。

痛み止めの薬、ロキソニンを処方されました。しかし、再び激痛が走りました。ロキソニンを飲んでも効きません。母には連絡せず、自分で救急車を呼びました。また同じ病院へ運ばれ、痛み止めの点滴をして帰ってきました。

高血圧だったこともあり、実家のホームドクターである内科のクリニックにも行きました。実家に余分にあった血圧計をもらい、日々血圧を測りました。しかし、１８０はおろか、高血圧の基準となる１３５を超えることもありません。

血圧を下げる薬を出してもらったのですが、結局飲むことはありませんでした。その医師に「今はどんな薬を飲んでいるの？」と言われたので、お薬手帳を見せました。そこには、向精神薬、更年期障害の薬の他、溝口クリニックの漢方担当医から処方された薬が羅列《られつ》されていました。

「この薬の量、すごいよ。ほとんど寝たきりで病院まで来られないような人が、飲むような量だよ。こんなに飲む必要ないよ」と言われました。

漢方専門医に変わってから、漢方薬を処方されていました。そして、いつの間にか「サプリメントはいいから、こちらの漢方薬を飲んでください」というような指示に変わりました。正直いうと、サプリメントを購入するより、漢方薬を飲んでいる方がかなり安く済みます。薬だけでひと月当たり5〜6千円でした。それまでサプリメント代として月4万円前後払っていた私にとっては、経済的負担が減り、楽になったと思っていました。

元々溝口クリニックは、食べるもので足りない栄養をサプリメントで摂る栄養療法です。担当が変わってしまったために、山ほど出される薬を、私は有難がって飲んでいたのです。

結局、溝口クリニックに行くことを止めました。栄養で症状を改善するというオーソモレキュラーの考え方は間違っていないと思います。

しかし、私は精神科の薬を飲んだまま、体調改善しようとしていたのです。麻薬のような薬を飲みながら、他のことを頑張っても症状は改善しません。たばこを吸いながら、肺を綺麗にするための他の方法を試しているようなものです。精神科を卒業したくて溝口クリニックに通っていたわけではなかった、というのがそもそもの間違いだったのかもしれません。

そしてある時、そのホームドクターが診察の際に、私の体の痛みについて「身体性表現障害なんじゃないの？」と言いました。

「身体表現性障害」——今は「身体症状症」という名称に変わっています。簡単に説明すると、ストレスで体が痛くなったり、吐き氣やしびれが出たりする病氣です。これも精神的な病氣の一つと言えるでしょう。自分の痛みに病名がつき、安心したのを覚えています。

引越してからまだ新しい精神科に受診していなかった私のために、実家のホームドクターが有名な大学病院の精神科医を紹介してくれました。しかし、私としては、眠れさえすれば抗精神病薬はいらないのではないだろうか？と思っていました。睡眠薬はそのクリニックで処方してもらえていました。だから紹介状を書いてもらったものの、大学病院へは行かないつもりでした。

しかし、母は言うのです。

「お願いだから、（精神科）病院へ行って！」と。

たしかに、19歳の時、退院する時に言われました。

「一生薬を飲んでください」と。

結局母の懇願を聞き入れることにしました。これで私が精神病院と縁が切れるまで半年伸びることになったのです。

愛犬リンは私を護るナイト！

一人で暮らすのは人生で初めてでした。でも、まるっきり一人ではありません。リンがいたからです。リンは不思議な犬でした。私の話をよく聴いてくれました。言葉で返ってきませんが、私の話を理解しているようでした。だから、一人ぼっちだという感覚はあまりなかったです。

特に食事の時は、リンに話しかけながら食べました。リンにはドッグフードをあげていましたが、食事する時には、きゅうりやブロッコリーなどの味のついていない野菜などを小さく切ってあげていました。そうすると、一緒に食事をしている氣分になるのです。リンがいたおかげで、どれほど慰められてことでしょう。

　私のフェイスブックの友人で占い師さんがいます。その彼女に数回占ってもらいました。ある時、彼女は言いました。

「あなたのそばにいる黒い犬は、あなたを護《まも》るために来ました」と。

私のナイト（騎士）だそうです。

「リンは女のコですが？」

「性別は関係ありません！」

（へぇ！　そうなのだ……）

▲ 私のナイト（騎士）・愛犬リン

そう思うと、私が死にたくなった時、リンがいたから生き続けようと思った理由がわかりました。リンが私を護ってくれたのです。それからますますリンを大事にしています。その後もリンは、とても重要な役割を果たしてくれました！

薬漬けの日々 30年間も服用していた向精神薬の変遷

20歳で精神病院を退院した当時に、飲んでいた薬は何だったのか覚えていません。しかし、大きな副作用がある薬でした。その副作用とは、「おっぱいから母乳のようなものがでる」というものです。また、生理も一年半止まりました。

これらの症状は「薬剤性高プロラクチン血症」と呼ばれる病氣の特徴です。プロラクチンとは、脳下垂体から分泌されるホルモンで、乳腺を刺激して母乳の分泌を促進する働きがあります。妊娠すると、プロラクチンが盛んに分泌されます。その結果、母乳が出るのです。妊娠はしていないのに、薬のせいで妊娠したかのような状態になってしまっていたのです。治す最良の方法は、その原因となっている薬を止めることです。

私は母に「おっぱいからお乳がでるの……」と伝えましたが、病院で出されている薬は絶対です。母は、薬の量を減らして飲むように私に指示しました。

私は大人しく、その薬を飲み続けたのです。そのうち、お乳は出なくなり、一年半経ってから生理も再開しました。

今回執筆するうえで調べてみたところ、「高プロラクチン血症」は不妊の原因だと書いてありました。もし、向精神薬を飲んでいて不妊になっていたら、薬が原因である可能性は高いかもしれません。

私は生理不順を改善するために、27歳から29歳まで婦人科に通いました。向精神薬を飲みながら、更に月経周期を整えるために薬を服用しました。食前食後に薬を飲みました。そして、排卵後、次の生理までの2週間に5回もの筋肉注射を受けていたのです。

両親の会社に通っていた時期でしたので、母に了解を得て仕事の合間に抜けて注射を打つ、ということを足かけ3年もやっていました。口からいれるだけではなく、注射までして女性としてのリズムを整えようとしていました。

3年の通院の末、

「順調になったから、妊娠できますよ」

と婦人科の医師に言われました。

しかし、現実は残酷でした。

「うちは子供はいらないんじゃないの？」

と旦那さんに言われたのです。

私は精神病の薬の影響で生理不順になり、その改善のために更に薬を飲みました。そして精神科、婦人科の他、アレルギーのために耳鼻科にも通っていました。時々風邪をひいて内科にも行っていたのです。

なんと年間10万円以上の医療費を支払うようになっていました。これは向精神薬を止める47歳まで続きます。自分の体にダメージを与え続けるために、お金と診察に行く時間を費やしていたのです。そして「私は精神病患者だ」という悲しいレッテルを自分に貼り続けました。

脱線しました。向精神薬の話に戻ります。

25年以上、同じ薬を服用しました。名前は「クロフェクトン」と「アーテン」です。

クロフェクトンは第1世代抗精神病薬に分類されて、錐体外路系副作用《すいたいがいろけいふくさよう》が出やすいと言われています。錐体外路系副作用とは、「手の震え」「つっぱり」「体のこわばり」などです。先ほどの高プロラクチン血症も錐体外路系副作用の一つです。

「手の震え」や「つっぱり」というのは、キーパーソン病の人と同じような症状です。だから、その症状を抑えるために「アーテン」というパーキンソン病の人が服用する薬を一緒に飲んでいました。

ずっと、なんでパーキンソン病の人と同じ薬を飲んでいるのかな？となんとなく疑問に思っていました。しかし深く考えることもなく、医者に出されるがままに飲み続けていました。

しかし、先ほど書いたように副作用が顕著に出ることがあるので、第2世代抗精神病薬が開発されたのです。私の場合は症状が安定しているから、敢えて薬を変える必要がなかったのでしょう。ずっと同じ薬を飲んでいました。

離婚後、新しく通い始めた大学病院では、クロフェクトンは扱っていませんでした。それで統合失調症では、一番ポピュラーな「エビリファイ」という薬を処方されました。このエビリファイを飲んだら、顕著な副作用が出たのです。それは、「死にたくなる」というものでした。なんと自殺願望が芽生えるのです。

数日間、服用した後の診察日に医師に言いました。

「先生、死にたくなるんです！」

すぐにその薬を飲むことはなくなりました。

エビリファイについて調べてみると、副作用の注意事項にこう記載があります。

——うつ症状を呈する患者は希死念慮があり、自殺企図のおそれがある——

死にたくなる薬というのが世の中にあっていいのでしょうか⁉

さすがにこれを読んだ時は、とても驚きました。

このエビリファイを止めたいと言った時、不思議なことに他の抗精神病薬が処方されなかったのです。結果的に睡眠導入剤だけになりました。元々、統合失調症特有の症状である幻覚や妄想はなかったので、薬を止めても何も変わりはなかったのです。

19歳から飲み始めた抗精神病薬を46歳で卒業することができました。２０１７年5月のことでした。振り返ってみると、平成元年に入院して薬を止めたのが平成29年です。平成は31年まででしたから、「平成」という時代のほとんどを精神病患者として過ごしていたことになります。

ハルシオン、レンドルミン、ベンザリン――たくさん飲んだ睡眠薬

既に書いたように離婚前から、たくさんの睡眠導入剤を飲んでいました。離婚前はデパス（エチゾラム）か、マイスリーという種類の薬を飲んでいました。どちらも「睡眠を導入」する薬なので、薬の効き目は短いです。眠れさえすれば途中で起きることなく朝まで寝ていられました。だから、このどちらかで充分でした。

しかし、離婚してからは寝付けても途中で起きてしまいます。それからが眠れないのです。まだ新しい精神科に通っていなかった時期、私は実家のホームドクターに頼んでもっと眠れる薬を出してもらいました。「ハルシオン」「レンドルミン」「ベンザリン」……、こうやって書くと、いろいろな薬を飲みました。

改めて、睡眠薬（睡眠導入剤）について解説します。

脳が興奮していると眠れません。それは興奮系の神経伝達物質、ドーパミンが分泌しているからです。興奮していると「ドーパミンが出ている！」という表現を使うことがあるでしょう。それはリラックスとは真逆の状態です。

そのドーパミンを抑える作用がある「GABA」という神経伝達物質があります。GABAは食べ物から摂取できる物質です。

ストレスが多すぎると、GABAをたくさん消費してしまいます。そうするとGABAが不足して、脳が興奮状態になっているのを抑えられなくなります。その結果、「眠りたいけど興奮して眠れない」という状態になるのです。

睡眠薬（睡眠導入剤も含む）は、このGABAの働きを促す作用があるのです。そして、無理やりリラックス状態になるように脳に指令を出すのです。そして、これらの睡眠薬は、種類によって効果が持続する時間が異なります。

私が最初に飲んでいた「マイスリー」は2時間で薬の効果が切れます。その後、服用した薬は、深く眠れる「レンドルミン（短時間作用型）」や長く眠れる「ベンザリン（中間作用型）」でした。

ベンザリンは消失半減期が28時間です。薬の効果が半分になるのが「28時間後」という意味です。従って、一日一回寝る前に飲んだとして、薬が半分の効果になる前にまた薬を服用するということになります。

言い換えると、24時間ずっと睡眠薬の効果が持続していることになります。ぼーっとしたり、だるかったり、やる氣が出なかったりという副作用が起こります。一日中、夢遊病者のような感じになりました。だからベンザリンはすぐに飲むのを止めました。

また、睡眠薬によりGABAの働きを促すのは、脳だけではなく脊髄にも作用します。そして、筋肉が弛緩するという副作用も起こります。

実際に年配の知人が肩こりがひどいからという理由で、整形外科から「デパス」を処方してもらっていました。副作用である筋肉を弛緩するという作用を利用すれば肩こりは改善されるでしょう。でも、デパスは睡眠薬です。睡眠薬は向精神薬のうちの一つで麻薬と同類に扱われています。「麻薬及び向精神薬取締法」という法律を見れば明らかです。警察が公表している麻薬のサンプルに向精神薬も並んでいるくらいです。

薬が効いている状態は、麻薬患者のように「ラリっている」という状態となんら変わりがないのです。脳の中枢に働きかけているという点では同じだからです。

私は統合失調症の薬は止められましたが、その後も睡眠薬を飲まずに眠ることはできずにいました。それだけ依存性が高く、麻薬と同等だと言わざるを得ません。

向精神薬の副作用──原発性胆汁性胆管炎という難病

統合失調症の薬を飲まなくなった頃の私は、少し元氣が出てきました。ただ実生活は、週2回両親の会社でアルバイトをする以外に、やることがありません。そのアルバイトも役に立っている、という充実感が乏しいものでした。そこでもう一つ仕事を探すことにしました。ピルを飲んで元氣のあった頃、介護の資格を取っていました。だから介護施設で働くことにしました。

できれば昼間の仕事がしたいと思い、デイケア施設を探しました。住まいから近い場所で求人を見つけ、面接を受けて晴れて合格しました。しかし、その合格の連絡をもらった同じ時期に重大な病氣が見つかったのです。

それは、「原発性胆汁性胆管炎（ＰＢＣ）」という病氣です。国の難病指定になっている肝臓の病氣です。日本国内の患者数は推定で5～6万人、難病で治療方法がありません。肝硬変になるか、その前に寿命が尽きるか……。その二択しかないと医師に言われました。「ウルソデオキシコール酸」と呼ばれる薬を飲めば、病氣の進行を抑えられます。

しかし、治らない病氣なのです。

やっと日常的に薬のいらない生活ができるようになったのに……。また薬の必要なこの難病と一生つき合うのかと考えると暗澹《あんたん》たる氣持ちになりました。「お先真っ暗」です。せっかく採用してもらっても、人の介護をするような氣持ちになれません。結局、デイケア施設で働くことを辞退しました。

今回執筆するために向精神薬の副作用について改めて調べました。そうしたら「向精神薬は肝機能障害が副作用として出る」と判りました。30年も飲んでいれば肝臓の難病にもなるのは当然だったな、と今更ながら思います。

結局、原発性胆汁性胆管炎は、向精神薬を飲んだせいでなった病氣なのでしょう。ちなみに、この病氣は今も病氣になる原因が特定されておらず、不明だとされています。

今になってつくづく反省です。「肝臓さん、ごめんなさい。ものすごく負担かけさせちゃったね。そりゃ、弱るよね。これからは大事にするね」と。

とことん落ち込んだ先にみつけたもの

その後、原発性胆汁性胆管炎という難病とつき合いながら、日々を過ごします。仕事に行かない日は友達と会ったり、ダンスをしたりしていました。しかし、それは離婚前に思い描いていた理想の状態とは、かけ離れたものでした。全く充実感もないし、誰と会っても心から楽しいと思えないのです。

もっとやりがいのあることをしたい。でも、私が何かできる場所はないし、そもそも、私ができることなどないのかもしれない。そう思い、だんだんと失意の日々を過ごすようになりました。とうとう、８月中旬から全く起き上がれなくなりました。難病が見つかって２ケ月後のことでした。

そして、アルバイトしていた両親の会社へも行けなくなります。家から出るのは、朝夕の愛犬リンの散歩と食料品の買い出しだけです。その散歩も自分で歩く氣力がなく、リンに引っ張ってもらいました。実家に「食べるものを届けてほしい」とも言えず、ただ無氣力のまま寝ていました。

私は現実世界で嫌なことがあると、「寝込む」という戦略をとるようです。離婚前にも散々寝込んでいたのに、また懲りずに寝込みました。１週間、２週間と寝込み、そして寝込んでいても何も解決しないことに、薄々氣がつき始めました。

じゃあ、氣分を明るくしてくれる音楽でも聴こう。そう思いYouTubeでヒーリング音楽を聴くことにします。そして、あるクリエーターさんのヒーリング音楽を良く聴くようになりました。そのYouTubeの概要欄に潜在意識の使い方についての紹介がありました。それが、自己啓発系のプログラムとの出会いでした。

すぐに、そのオンラインの講座を申し込み、音声を聴きました。

「両親に手紙を書いてください。こんなことがあって嬉しかった。こんなことがあって悲しかった。嬉しかったことと悲しかったこと、両方を書いてください」というのがファーストミッションでした。

実家の両親とうまくいかないのも、寝込むきっかけの一つでした。そんな私が「親との関係を改善するなんて！」と思う反面、「いきなり挫折したらプログラムの料金が勿体ない！」と続けることにします。

そして、「エイヤッ！」と思いのたけを手紙に書きました。たしか、14枚になった記憶があります。それを母に渡しました。

そうしたら、「へ〜、それで？」という感じでした。3週間、音沙汰なしの娘がいきなり手紙を書いてきたのですから、「どうしちゃったの？」という感じだったのでしょう。

でも、それを機に親子で話すことができました。やっと私は正面から母と対話する氣持ちになれたのです。

私はそのオンラインの講座の勉強を続けました。それは、潜在意識を使って、自分の望む結果を引き寄せる方法を学ぶものでした。

勉強をしていく過程でそれまでの「どうしようもない私」から「価値があるかもしれない私」に変わっていきました。端から見えれば、少しずつ元氣を取り戻しているように見えたことでしょう。

発達障害、そして睡眠薬からの卒業

その後、よく「発達障害」という言葉を耳にするようになりました。２０１７年のことです。ＮＨＫで発達障害についての特集が多く組まれました。

母は「大人の発達障害」という番組を見たそうです。その時言っていたのが、「あんたが小さい頃に発達障害という言葉があったら、苦労しなかったわ」というものでした。

私は幼稚園の時に泣いてばかりいて、クラスの先生を困らせていました。

第2章でお伝えしたように、周りと比べると発達が遅い子でした。

母はそんな娘の様子を見て、とても心配していたのでしょう。「発達障害ということが理解できていたならば、その対処方法が分かったのに！」そう思ったのは想像に難《かた》くありません。そして、母は「幼い頃の私には発達に障害はあったようだ。しかし、いまは問題ないのだろう」と思っていたのです。

その時発達障害についての本を数冊を読んだ私は、違和感を覚えました。

「発達障害は大人になったからといって治るものじゃない。今も私は他の一般の人とはちょっと違う感じがする。お母さんは治ったと思っているかもしれない。でも、今も私は普通じゃないことに苦しんでいる……」

私が、こんなに生きていくのが苦しく感じるのは、自分が発達障害だからだと思ったのです。私が発達障害ならば、「アスペルガー症候群」だと思いました。何故なら私は一つのことにのめり込み、とことんこだわるという傾向が強く、それが「アスペルガー症候群」の特性と合致するからです。今は分類が変わって、アスペルガー症候は「自閉症スペクトラム障害」に含まれています。

氣になった私は通っていた精神科の先生に、私が発達障害かどうかの診断テストを受けたいと相談しました。そうしたら、その先生は言いました。

「発達障害だという認定を受けた方が、生きやすいのなら診断テストをやりましょう。でも、今の生活する上で発達障害としてじゃなくても生きていけるのなら、診断は必要ないのではないでしょうか？」

確かに発達障害というレッテルがなくても生きていくのに支障はないな……。

そう判断し、診断を受けませんでした。

そして先生に言いました。

「私、最近、眠れているのです。お薬なしにしたいのですが、いいですか？」

その時、頭の中ではこう考えていました。

――わたしは統合失調症薬『エビリファイ』なしでも問題なかった。だとしたら睡眠導入剤のマイスリーを止めても生きていけるのではないだろうか？

――今、薬がなくとも眠れると言えば、薬が止められるのでは？

――実際に眠れているのは薬を飲んでいるから。薬なしで眠れたことはこの10年一度もない。でもこのタイミングを逃したら、ずっと服用することになる。そんなのは嫌だ！

そんなことを考えていた中で、瞬時に判断した「薬を止めたい」という一言でした。

そうしたら先生は言いました。

「では、お薬をやめてみましょう。何かあったら、いつでもいらっしゃい」

この言葉で私は精神科を卒業することができました。

２０１７年秋のことでした。

やっと私は正真正銘、「精神病患者」ではなくなったのです。

第5章

再生への歩み

心身一如

引き寄せの法則——最高のパートナーとの出逢い

潜在意識の勉強をしていたら、自分の意識を変えられることを知りました。そこで自分の考えを変えることにチャレンジしたのです。

それは、「自分は健康だ」と信じることです。

それでひらめいた方法をいろいろと実践しました。その結果、前章でお話しした難病で治すことのできないといわれている「原発性胆汁性胆管炎」を一年で緩解（症状が治まっている状態）することができたのです。

この「原発性胆汁性胆管炎」を治した経緯については、電子書籍「ファイトケミカルダンサー」で詳しく書いています。Amazonで購入できますので、興味があったら読んでみてください。

氣がついたことがありました。それまでの経験や知識を生かし、起業することができるということでした。そのまま起業するための勉強を始めました。それまでの学んでいたオンライン講座の講師が、起業についてのプログラムも販売していたからです。

その勉強をしている時に、出てきた言葉があります。

「女性は考えていることがまとまらなくなるから、話を聞いてくれる男性がいるといい」。私は素直に「そっか！」と思いました。そして、ノートに「私のことを丸ごと受け止めてくれる人」と書いたのです。

その10日後、社交ダンスの競技会がありました。小さな大会で、私は友人と臨時カップルを組んで出場しました。そこに、プロのように上手な男性がいたのです。その彼はなんと、私の友達と出場していました。聞けば、そのカップルも臨時カップルでした。私の友達がその人に一緒に出てほしい、と言ったそうです。

試合後、その友達から「みんなで飲みに行くけど一緒に行く？」と誘われました。私は車で行っていたので、お酒は飲まずに参加しました。その彼は、正式なダンスのパートナーがいなく、同じ年で独身でした。そして、女性に魚料理を取り分けるようなセンスの持ち主でした。これはアピールするしかない。そう思い、連絡先を聞きました。

２０１７年12月３日のことでした。

これが「私のことを丸ごと受け止めてくれる人」かっちゃんとの出逢いです。その後私から連絡して、初デートにこぎつけました。その時、私は愛犬リンの話をしました。

そうしたら、リンに会いたいと言うのです。

その日のうちに、かっちゃんはリンとご対面。リンがかっちゃんを一発で氣に入りました。かっちゃんの横を陣取り、動かないのです。それを見て、「ああ、私の大事なリンが氣に入ったんだから間違いない」と思いました。

出逢ってから3年半ですが、変わらず丸ごと受け止めてくれています。この「丸ごと受け止める」というのは、どういうことか理解できるでしょうか?

私が何を言っても、どんなお願い事をしても「いいよ!」と言ってくれるのです。年1回程度、大げんかになることはありますが、基本的に私が言うことを否定しないのです。自分の存在をどんな状況でも認めてもらえる、それはどんなに心強いことでしょう。

言ったこと、やったことを否定されることほど悲しいことはありません。否定されるとしても、否定しているのは行為自体で人格まで否定しているわけではない。そう考えることもできます。

しかし、それは頭ではわかっても傷つきます。しかし、かっちゃんといると、そういうことはないのです。それまで、自分は誰にも愛されていないのだ、と思い込んでいた私にとって、大きな勇氣と希望を与えてくれました。

新しい挑戦――
ダイエットアドバイザーとモリンガ茶

自分で起業するのだとしたら、「何ができるだろうか？」と考えました。アイデアとして出てきたのは、ダイエットアドバイザーでした。２０１５年1月7日から糖質制限を始めました。そして、2か月でヒップが10センチ細くなりました。それは、あまり努力せずにできたことでした。何故なら、糖質制限の仲間と楽しくゲーム感覚で糖質を制限し、栄養の知識も得られたからです。

あるセミナーで会った経営者の方に、ダイエットアドバイザーになるとお話しました。すると、「じゃあ、モニターになるからお願いするよ！」と言われました。その男性は私のアドバイスにより、痩せることができました。

他方で、物販もした方がいいのではないだろうか？ と考えるようになりました。何故ならエステサロンを経営している友達が、化粧品も一緒に売っていたからです。思いついたのは、それまで愛飲していたハーブティー「モリンガ茶」です。

モリンガは、別名「マルンガイ（母なる木）」と呼ばれ、地球上で一番多くの栄養が含まれている植物です。その栄養素の数３００！

そのため、国連世界食糧計画（ＷＦＰ）で２００７年にモリンガは支援食料に採択されました。アフリカの難民キャンプでは、乳児にモリンガの粉末を粉ミルクに混ぜてあげています。栄養不足を補うには最適だからです。

そして、食物繊維が豊富なため「お通じがたくさん出る」という人もいます。だからこのモリンガ茶はダイエットに相性がいいだろうと思ったのです。それまで購入していたモリンガ茶の販売元に交渉して、モリンガ茶を仕入れることが可能になりました。知人のデザイナーさんにラベルを作成してもらい、オンラインで販売を開始しました。

一方、糖質制限の仲間に「ケトジェニック・ダイエットアドバイザーの資格を取った方がいいよ」と言われました。何故なら資格があった方が、お客様に対して説得力があるからです。「ケトジェニック」という言葉は、聴き慣れない方もいると思うので簡単に説明します。

糖質制限を厳しく行うと「ケトン体」というものがつくられます。もともと血液中には、エネルギーとして糖質を分解したブドウ糖が運ばれていきます。でも、糖質を制限をすると、エネルギー源であるブドウ糖が入ってきません。そのため、肝臓にある脂肪を分解してエネルギーに変えます。ここで作られるのがケトン体です。これを英語読みすれば「ケトジェニック」になります。

ダイエットが必要な人は、内臓に脂肪がついている場合が多いです。脂肪肝の人はその脂肪を取りたいと思うのが自然でしょう。糖をシャットアウトして、肝臓にある脂肪を分解させる。それがケトジェニックダイエットなのです。

ケトジェニックダイエットアドバイザーになるための試験はありません。その代わり2週間食べたものをレポートして提出します。口にするものは全部栄養素を計算しました。ケトジェニックの要件に当てはまるような食生活を実践し、それをレポートするのです。レポートに取り組んだのは2月。葉野菜をたくさん食べないといけないのに、雪の影響でレタスの値段が高騰していました。食べるものが厳格なのも厳しかったですが、なにより経済的にもきついチャレンジでした。でも、資格を取ることが自分のステップアップになる！　そう信じて頑張りました。

結果、ケトジェニックダイエットアドバイザーの資格を取ることができました。その資格の授与式に参加しました。そこで他の資格取得者と懇親する機会があったのです。「ダイエットは健康になるためのものだ」と思っていました。しかし、そこのメンバーは何らかの病氣を持ち、定期的に通院している人が少なからずいました。

ケトジェニックしても、健康にならないのか。私はそこが引っ掛かりました。

その後、栄養についてのセミナーを開催したり、ブログを書いたりしました。しかし、周りの人は私を「ちょっと栄養に詳しい人」と思うだけだったようです。モリンガ茶は知り合いに少し売れましたが、市場に出回るということはありませんでした。オンラインで売るのなら、ウェブマーケティングを勉強する必要がありました。でも、そういう知識がないと売れないというのを、モリンガ茶の販売を止めてから知りました。

アメリカのことわざで、「You are what you eat.（人は食べたものでできている）」というものがあります。口にしたもので人間の細胞約60兆個ができているのです。だから、何を食べるか、何を飲むか、というのはとても重要です。ダイエットにしても、病氣にならない体づくりに関しても「何を食べるのか」は重要なポイントです。

しかし、ある医師の本を読んで、とても氣になる文章がありました。その本を今は持っていないので文面そのままを覚えていないのですが、以下のような内容でした。

——糖質制限をしている糖尿病患者がいました。しかし、よく血糖値が上がるのです。その患者は食べ物には氣をつけているのですが、よく怒ります。怒ると血圧が上がると言いますが、血圧だけではなく血糖値も上がるのです――

糖質制限して食べるものにどれだけ氣をつけたとしても、感情の起伏が激しい人は血糖値が上がります。健康になるためには、食べ物は大事です。しかし、食べ物だけでは、健康になれないのではないだろうか？と思い始めました。実際、私自身痩せることができました。しかし、まだ睡眠薬をやめたばかりで、夜はあまり眠れません。

そんな人が、健康になるための指導をしていいのだろうか？

そもそも私が健康ではないのに、指導する資格があるのだろうか？

そう思い悩んでいました。結果、「ダイエットのアドバイスをしたい！」という仕事に対する意欲を失っていきました。そして、食べ物だけでは健康になれないのだとしたら、心の中が問題なのではないだろうか？と自分の意識の方向が変わったのです。

眠ることへの努力――睡眠薬依存からの脱却へ

薬を止めた当初（2017年秋）から、すぐに眠れたのかというとそうではありませんでした。それまで睡眠薬に依存してきた大きなツケを払うことになります。

最初は、眠れなくてもいいや！　などと氣楽に考えていました。しかし、そんな簡単なことではありません。どうやったら自然に寝付けるのか、途中で起きずに朝まで眠れるのか、私の体はその方法を全く覚えていなかったのです。

あまりにも疲れると眠れますが、それは長く続きません。夜中の3時、4時に目が覚めてしまうのです。そうすると全く眠れません。仕方なく本を読んだり、ネットサーフィンしたりしました。でも、睡眠の絶対量が足りません。その結果、昼間はぼんやりとしてしまい、いつも重度の寝不足です。

私はマッサージやリフレクソロジーなど、リラックスできる場所に行きました。そういう場でちょっと眠ることで、なんとか自分の体と脳を休息させることができました。その頃、マッサージなどに使っていたお金はなんと月約7万円！　一週間に2回のペースでリラクゼーションに通っていました。

午前中に自分の想いを込めてブログやFacebookの投稿をします。それだけでエネルギーを使い果たしていました。睡眠不足で体力・氣力をチャージする量が足りなかったからです。その頃はなんでブログ記事を1本書いただけでこんなに疲れるのか、分かっていませんでした。

その後、徐々に寝付けるようになります。しかし、途中で起きてしまって眠れないし、眠れても浅い状態が続きます。

この頃、夜中に目が覚めた時にやっていたことがあります。それは、「頭に浮かんだことをノートに書きだす」ことです。もやもやしていることを紙に書く、考えていることを言葉にして視覚化するのです。それだけで、「自分はこんなことを考えていたのか」「あんなことに悩んでいたのだ」と氣がつくことができるのです。これは、寝付けない時にもお勧めです。頭の中でぐるぐると考えてしまうことを書くのです。同じことを何回も頭に思い浮かべて悩んでいる、ということが書いてみると分かるのです。

ちなみに、パソコンやスマホに記録するのはお勧めしません。眠ろうとしている時、あるいはまだ寝たいと思っている時に、電子機器のブルーライトの光は脳が睡眠モードになることを妨げるからです。紙とペンを使って自分の手で書く方が、そのままの感情が出しやすいというメリットもあります。もしトライするならノートに書くことをお勧めします。

もう一つ、私がやって効果的なものがありました。それは「意識して呼吸する」ということです。呼吸というのは、普段無意識にしています。それを意識的にするのです。

最初は「一回吐いて吸うだけ」から始めました。次に、1分間意識して吐いて吸ってみました。私は先に「吐いて」いました。吐けば自然と息が吸いたくなります。これは、陸上をしていた時に身に着けたものです。

精神的に弱っている時は呼吸が浅いです。正直、ゆっくり呼吸することはなかなか厳しいです。しかし、しっかり息を吐きってから吸うことを繰り返しました。布団に入ってから目を瞑《つむ》って、ゆっくりと呼吸する。それだけでも、神経が落ち着いてきて寝付きやすくなります。

「紙に書き出す」「意識して呼吸する」、この二つは眠れない時、精神的に落ち着かない時にやると効果絶大です。やらなくてもいいですが、やると効果が実感できます。

新しい習慣――オーディオコーチングプログラムで睡眠状態を改善！

2018年2月、私はかっちゃんと愛犬リンで二人＋一匹暮らしを始めました。その引越し前から、あるメールマガジンを読んでいました。ある時、一つの動画が添付されていました。私はその動画に惹きつけられました。動画の配信者に興味を持ったのです。そして、その方が教えるオーディオコーチングプログラムに参加しました。新しい生活を始める時、新しい学びを始めたのです。

実は、何を学ぶためのものなのか、分からず参加しました。私は好奇心が強く、それを満たすために行動してしまうことが多々あります。そのオーディオプログラムはびっくりするような内容もあり、楽しかったです。ただ聴くだけでいい、というものではありませんでした。アクションアイテムがあるのです。

最初に「耳栓とアイマスクを使って寝ましょう！」というアクションアイテムがありました。そうすれば、ぐっすり眠れるというのです。朝までしっかり眠りたい私は、早速購入してやってみました。しかし、そう簡単には眠れません。アイマスクの耳にかかるゴムは氣になるし、耳栓も圧迫感を感じます。氣になって眠るどころではありません。だからと言って、諦めては勿体ないです。アイマスクは顔を包み込むようなタイプを見つけました。また耳栓は、自分の耳の穴に合わせて形状が変えられるタイプを探したのです。

その頃は、寝入ることはできました。しかし朝までに３〜４度目が覚めるのです。ひどい時は7回起きる日もありました。寝た氣はしません。朝だから元氣！という状態には程遠かったです。

また、かっちゃんはずっと独身だったので、二人で寝ることに慣れていなかったのでしょう。彼も夜中に起きます。二人が寝ているベッドにリンが上がってきて、狭くて眠れないという要因もありました。朝になると、夜中に何回起きたのかを二人で確認する日々でした。

そして、オーディオプログラム に「サイリウム（食物繊維）を飲んで、トランポリンを跳ぶ」というミッションもありました。これをすることで、お通じが良くなるのです。結果的に腸内のデトックスになります。「脳腸相関」という言葉があります。脳と腸はお互いに密接な関係がある、ということです。お通じが毎日出て腸内の状態が改善されると、脳の機能がアップします。具体的には、集中力が高まる、記憶力が向上する、思考力も高まる、というのが私自身の実感です。

トランポリンを跳べば、ダイエットにもなりますし、心拍機能も強くなります。何しろ手軽に自宅でいつでもできます。私は体幹が強くなり、ヒップアップするという嬉しいおまけもついてきました。そのトランポリンを続けていくうちに、体力がついてきました。眠るのにも体力がいる、という話があります。トランポリンを継続していったお陰で、ほんの少しずつ夜中に起きる回数が減っていきました。

オーディオプログラムでは、他にもアクションアイテムがありました。「朝に計画を立てる」を習慣化することもその一つです。最初は、朝のルーティーンを作ることから始めます。それから、ゴール設定です。目標を立てるのです。その目標を達成するためには必要なことを計画するのです。

目標を立てます。その目標を達成するにはどうすればいいのかを考えます。それを実行するために具体的な行動を考えます。そして、TODOリストを作成、それらを行うために計画の時間を持つのです。

例えば、「2か月後まで5キロやせる」という目標を立てたとします。それを達成するために、「甘いものを食べない」と決めたとします。でも、コンビニやスーパーのスイーツコーナーを見てしまえば、甘いものを食べたくなります。甘いものを食べたくなるという誘惑がそこに待っています。誘惑と闘う訳です。もし、勝ったとしても氣疲れしています。しかし、甘いものを食べたくなるような環境を避ければ、誘惑と闘う必要がなくなります。だから最初から氣疲れしないように、「甘い物を買いたくなるコンビニには立ち寄らない！」と決めるのです。

そのように自分の立てた目標に向かうために、朝30分計画の時間を持つようになりました。最初は計画を立てても、その通り実行できない日々が続きました。しかし、少しずつ実行できるようになってきます。そして、たまに朝まで眠れる日がありました。それは、その日の行動が計画の8割以上実行できた時でした。

「今日自分はこれだけのことができた！」「私もできるのだ！」という満足感を感じられると、その晩は満足して眠れるようになったのです。

長年精神病患者をしていたせいで「自分はダメな人間だ」という強い思いこみがありました。でも、やればできる。そんな小さな成功体験があると自分を誇らしく思えてきたのです。その結果、心が安らいで眠れることが分かりました。

２０２０年秋には、夜中に1回起きる程度まで眠れるようになってきました。２０２０年11月に東京都内から鎌倉に引越しました。環境を変えた影響が強かったのでしょう。朝まで眠れる日が増えつつあります。睡眠薬を止めて3年。ようやく眠れるようになりました。

考え方の癖や感情パターンを変えて心の平穏を保っていく

私は新しい習慣を一つずつ身に着けていきました。それは、最初は行動の習慣でした。

・テレビを観ない（これは、かっちゃんと暮らす前から）
・SNSを見る時間は最小限にする
・不要なメールマガジンは削除する
・定期的に物を処分する（使えるものはアマゾンやメルカリで売る）
・寝る前にスマートフォンは触らない
・食事は総菜やインスタントに頼らず、自宅で作る

などです。

「生活習慣病」という病氣があります。生活習慣の影響でかかる病のことです。これは行動の習慣を変えることによって、病氣になるリスクを下げることができます。また、病氣になった人も行動の習慣を変えることで、症状を軽くすることができます。

しかし、ここでケトジェニックダイエットアドバイザーの項で書いたお話を思い出してほしいのです。いくら食べ物に氣をつけたところで、カッとなりやすい人は血圧も血糖値も上がりやすい、という話を。

そうだとしたら直すべき習慣は「行動」だけではなく「思考」や「感情」の習慣です。思考や感情にも習慣があるの？と思うかもしれません。「考え方の癖」や「感情のパターン」がある、といえば理解しやすくなるでしょうか。いつもニコニコしている人と怒りっぽい人は、考え方の癖が違います。それは、頭の中で何を考えているか、が違うと思うのです。人は言葉を発していない時、頭の中で会話しています。それを「セルフトーク」といいます。

「今日は何を食べようかな？　カレーがいいかな、ラーメンもいいよな。うん、やっぱりラーメンがいい。そうだ！　帰りに久しぶりにあの店に行ってみよう！」

あなたも頭の中でそんな会話をしたことがあるでしょう。そのようなセルフトークは一日で4～6万回繰り返されているのです。

前述の「ニコニコしている人」のセルフトークを想像してみます。「あの人は、優しいところがあるな。だから素敵なんだな。挨拶しても笑顔で返してくれるし、あの笑顔を見られて、今日はいい一日だったな」そんな感じだと思います。

一方、「怒りっぽい人」はどうでしょう。「こっちが挨拶したのに、あいつはにこりともしない。仕事は遅いし、ミスばかりだ。あいつはダメでどうしようもない奴だ！あいつのせいで今日はひどい一日だ！」というセルフトークをしているのでしょう。

自分はどんなセルフトークをしているのだろう？とりあえず、眺めてみました。自分で自分を観察してみたのです。しかし、始めはなかなかできませんでした。このセルフトークの観察は、自分の内面を見つめることになるからです。

日常生活の中で、自分と向き合う時間をとることはハードルが高いです。なにより、自分と向き合うことはエネルギーが必要になります。私はトランポリンを跳んで、デトックスしました。そして、徐々に眠れるようになってきました。それでセルフトークの観察が可能になりました。逆に言うと、自分のエネルギーが不足していると、できないことなのです。

その結果、「どれだけ自分が相手を責めているのか」あるいは「自分自身を責めているのか」が見えてきました。自分が、どれだけ自分も含め「人を責めていた」かに氣が付きました。愚痴や相手の批判を言う、自分はこんなにダメな人間だと思うことも「責めていること」です。氣がつくだけで、高ぶる感情に振り回されることが少なくなりました。そして、心の中で相手を責め、あるいは自分を責めることが減ったのです。

自分を責めないようにしたい、そういう方に参考になる本があります。それは、犬飼ターボさんの『仕事は輝く』です。このストーリーの中で、自分を責めなくなるヒントが載っています。自分のしたことを責めない方がうまくいく——そんなことをこの本は教えてくれました。

私は感情のパターンも変えるチャレンジをしました。以前はすぐにカッとなりました。あるいは、なにかあれば泣いてごめんなさい、と謝っていました。どちらにしてもすぐに興奮状態になっていたのです。

一方、一緒にいるかっちゃんはあまり感情のブレがないのです。いつものんびりと構えているように見えます。一緒にいるだけで癒されるし、「ありがたいね」という言葉をよく口にします。そして、かっちゃんは人の悪口を言わないし、愚痴もほとんど言いません。不満を口にするのは、ごくたまにです。私はそんなかっちゃんの真似をしてみることにしました。

また、オンラインプログラムでも感情に関するミッションは数多くありました。それを一つずつチャレンジすることで、自分の中が丸くなっていくのを感じました。

最近、かっちゃんに「知り合った頃と今とで何が違う？」と聞いてみました。

そうしたら、こんな答えが返ってきました。

「最初はトゲトゲしていたけど、今はずいぶんと丸くなったよ」。

「最初」というのは、精神科から卒業し断薬してすぐの頃（２０１７年年末）です。当時は眠れないイライラもありましたし、自分の中の不満をどうやって処理すればいいのかも、わかっていませんでした。

しかし、オンラインプログラムや他のコミュニティのおかげで、なによりかっちゃんのおかげで、人とのかかわり方が変わりました。人とのコミュニケーションがスムーズになってきたのです。そして、私の内面で波が立つ回数が減ってきています。

最初は行動の習慣を変えました。それから、考える癖・感情のパターンも変えつつあります。今でも怒る時は怒るし、どうしようもなく情けなくなることもあります。しかし、感情も自分でコントロールできるものだ、と知ってからは、かなり楽になったと思います。このあたりから、心の病だけではなく他の病氣もしなくなりました。

すべて、「自分は変わることができる」――そう思えたことから始まりました。

フラワー・オブ・ライフで統合失調症になった理由を知る

緊急事態宣言の明けた２０２０年6月。私はある合宿に参加しました。それは、「フラワー・オブ・ライフ」の綿棒ワークでした。

少し「フラワー・オブ・ライフ」について説明します。

古代から、「真理」は平面で表されていました。仏教密教の曼陀羅、マヤのツォルキン暦、九星氣学などです。しかし、近年になってそれを立体で表せるようになったのです。それが、「フラワー・オブ・ライフ（ＦＯＬ）」です。その花は、種から始まります。それが「シード・オブ・ライフ＝命の種」です。「シード・オブ・ライフ」は、別名「ベクトル平衡体」とも呼ばれます。また、「精神・魂」を表しているものだとも言われています。「ベクトル平衡体」の対になっているものが「マカバ」と呼ばれるものです。こちらは「物質」を表現しています。「命の種（シード・オブ・ライフ）」が成長すると、それは「命の木（ツリー・オブ・ライフ）」になります。それが育つと、「フラワー・オブ・ライフ」になるのです。

先ほど、「フラワー・オブ・ライフ」は、平面でしか表されていないと言いましたが、実は、こっそりと立体で表現されているものもありました。それは神社にあります。狛犬の足元にあるマリ（鞠）が「フラワー・オブ・ライフ」なのです。ちなみに、すべての神社の狛犬がマリを持っているわけではありません。「マリを持っている・持っていない」が、神社の種類と関係あるのかは興味があるところです。

さて、前置きが長くなりました。

そのフラワー・オブ・ライフは自分で作ることができます。それも身近にあるもので！　答えはすでに出ているのでもうお分かりだと思います。それは綿棒です。

「シード・オブ・ライフ」と「ツリー・オブ・

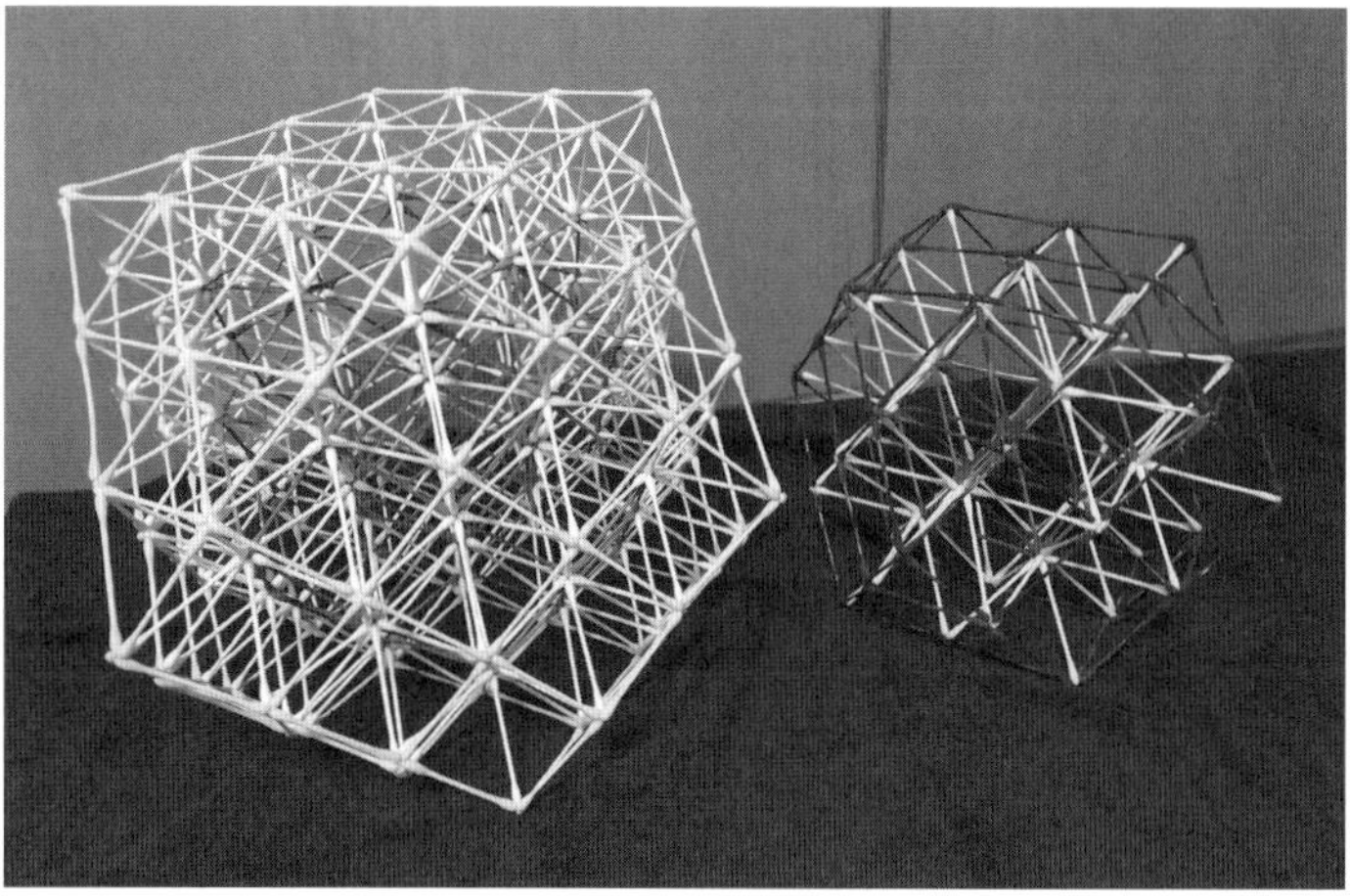

▲フラワー・オブ・ライフの綿棒ワーク

ライフ」を作ろう！という3日間の合宿に参加しました。

綿棒を木工用ボンドで接着していきます。もうくっついたかな？と思って次の工程に進むと、大概崩れます。簡単に乾かないのです。そのため、待ちます。ただひたすら待ちます。けれど、これがなかなか待てません。

もういいだろうと次に進むと、あっさり崩れるのです。結局やり直しです。何度か繰り返すとさすがに学習します。早く作業することを諦めます。そして、そのうち待つことを楽しむようになります。他の参加者と雑談したり、お茶を飲んだりします。

効率化を求めて、「早くやろう」「うまくやろう」ばかりをしている人には苦行とも言えます。いえ、現代人が苦手な「のんびりと、状況が整うのを待つ」の訓練と言えるでしょう。

日常とは違うテンポの作業をしたせいでしょう。初日が終わった時、ヘロヘロでした。主催者さんが夕方に酵素ジュースを出してくれたので、空腹はある程度満たされていました。なので、夜の懇親会を辞退しました。

早めにホテルのベッドに入りました。夢うつつの状態の時、突然分かったことがあります。それは、何故自分が統合失調症になったのか？ということです。自分ではっきりと原因が分かったのです！

私は、高校時代に初めてボーイフレンドができました。高校生といえば、思春期で異性にすごく興味を持つ時期です。おつき合いしていたら、相手と接触したくなるのは自然の流れでした。そして、とうとう高校2年生の夏に私はその彼とＳＥＸをしました。「高校生でＳＥＸは早すぎる！」とか「もっと早い子もいるよね。普通じゃない？」とか「高校生はおろか、結婚前の男女は性交してはいけない！」など様々な意見があると思います。

しかし、10代の男女がＳＥＸすることは、法律で罰則が決まっていることではありません。もちろん、結婚前に子供ができたら困ることはあります。でも、性行為自体が禁止されている訳ではないです。

私は純粋に異性について興味がありました。その相手が好きだったから、相手の要求に応えてあげたい、という氣持ちもありました。だから、求められた時に応じたのです。

しかし、私は心の中に自分だけの法律・ルールがありました。それは「神様の教えに従う」というものでした。私がキリスト教の神様が大好きだった話を、第2章で書いたので覚えている方がいるかもしれません。高校生の時も、陸上の試合がない日は教会に通っていました。小学生の時から変わらずに神様が好きでした。

聖書にはこう書いてあります。

――姦淫《かんいん》してはいけない――

姦淫と読んで意味が分かる人は、少ないかもしれません。簡単に言えば、SEXするな、という意味です。結婚をしていない男女がSEXしてはいけないよ、と諭しているのです。子孫を残すためではなく、快楽のために性交してはいけません、と教えていたのです。

私はその教えを守りたいと思っていました。でも、誘惑に負けてしまいました。そのため、「自分が決めたルールを守りたかった自分」が「ルールを犯した自分」を罰し始めたのです。

清らかな神様大好きな自分が「なんで神様の教えに背いてしまったのよ！　だめじゃない!!」と怒ります。そうすると別の自分が「だって、仕方ないじゃん。SEXに興味あったし、彼もしたがっていたんだから。断って嫌われたくないし……」

そう言い訳するのですが、最後には「ごめんなさい。やっぱり私が悪かったです」と謝ります。

でも、清い私は許しません。自分の決めたルールを守れなかった自分を責めます。

「なんで、あんなことしたの！ ダメでしょう！ 神様に言われたことを守れないのは最低だよ！」

責められた私は謝ります。しかし何度謝っても、許してもらえないのです。それを自分の中で、とことんやりました。

その結果、自己が分裂してしまったのです。

それが「統合失調症」、昔でいう「精神分裂病」になった原因でした。

綿棒ワークをした初日の夜、そのことがいきなり腑に落ちたのです。

「そっかぁ。私はその高校2年の時の出来事をずっと責め続けた結果、病氣になってしまったのだ。これまでそれに氣がつかなったな。今まで何故、病氣になったのか分かっていなかった！ ああ、分かって良かった……」

綿棒ワークをしたところで、誰しも大きな問題に氣がつくわけではありません。参加したほかのメンバーも、後から自宅で作った私のパートナーかっちゃんも、特段大きな変化はなかったようです。しかし、私は自分が統合失調症になった真の原因を知ることができました。それは、人生の重苦しい錨を外したような感覚です。

じっくりと綿棒に取り組むことは、自分をみつめる時間になります。もし、あなたがチャレンジしたら、そこで何かしら氣づくかもしれません。

心身一如——心と身体は一つのごとし

離婚後寝込んだのち、一念発起して起業しました。しかし、結局は赤字続きでした。健康ではない私がダイエットを指導することに疑問を感じたからです。結局店じまいすることにしました。

その後、前述したようにオンラインプログラムを受けました。結果的に、少しずつ自分の内側の恐怖や不安について向き合っていったのです。

2020年秋には氣功の修行をします。氣功というと、医療とは関係ない怪しいシロモノだと思うかもしれません。しかし日本人は「氣のせい」「やる氣」「その氣になる」など、多くの「氣」という言葉を昔から使っています。それだけ氣というものになじんでいるのです。氣功をすると、心の痛みや苦しみが体に出ていることが分かります。

修行の時に教えてもらいました。

それは、**「体の懲りは心の懲り」**というものです。

例えば、肩こりがひどい時に、問題が解決しただけで肩の痛みが減りませんか？　それこそ「肩の荷が下りる」からです。私は心の中にある問題について目を向けるようになっていきました。自分を直視するようになってきたのです。

今一番大切にしている言葉があります。それは「心身一如」――心と身体は一つのごとし。肉体面だけ鍛えても、心の内面を鍛えることをしていなければ、真の健康とは言えません。体を鍛え、しっかりと休養をとることも大切なことです。しかし、悩みを抱えたままでは、心の病氣になってしまうし、他の病氣にもかかりやすくなるのです。

私は睡眠状態を改善し、アレルギー症状も病院の薬が必要なくなりました。離婚後2017〜2018年は頻繁に膀胱炎を患いました。そんな私が2020年は、一度も病院に行っていないのです。

精神病院を中心に2017年まで毎月医療費で10万円以上払っていた私が、その3年後には0になりました。1円も払っていないのです！　そして、思うように眠れなかった時期に頻繁に通っていたマッサージ等へは去年の秋からたまに通う程度です。

医療費を払わなくなった今、思います。

病氣しないことは、ものすごく得だ。一番経済的なのだと。

病氣になると、その状態を改善したいと誰しも考えます。そうすると通院し、医療費を払うことが優先順位一番になります。病院に行って精算するまで、いくらかかるのか分かりません。そして、言われた金額をそのまま払うのです。もし医療費が高いと思っても、安いところを探すこともできません。病院の方で飲む薬を決めてきますから、出された薬を見て、「こんなに要らないのに……」と思うこともあります。でも、患者はそれに従うしかないのです。

不安を抱えていると、眠れなくなったり落ち込みがひどくなったりします。そうすると、心の病だと思って、精神科や心療内科を受診することも考えるでしょう。自分からではなく、周りから勧められたり、未成年だと親に連れられたりして精神科に行くこともあるでしょう（私のように……）。

でも、受診すると薬が出されてしまいます。処方された通りに服用した結果、薬漬けになってしまうのです。そのまま通院するだけならいいです。しかし、「状態が悪かった」ら入院することになります。そして、簡単には退院できないという現実があります。

日本の精神病の入院患者数は30万2千人で世界でダントツの1位です。日本の全病床の中で精神病床の数の割合は約20・1%、入院患者の5分の1が精神科の患者なのです。また平均入院日数は307・4日で20年以上入院している人が3万6千人もいるのです（2014年当時のデータによる――出典元：「『心の病』が治らない本当の理由」小倉謙・著）。

これは、2014年のデータなので、少し古いだろうと思われるかもしれません。

しかし、最近のデータとして、

・今も精神病院に50年以上入院している人が1773人いる

・現在毎日1万2000人もの人が精神病院の入院病棟で縛られている（拘束されている）

と前述の本の著者である小倉先生は話されています。

現在も、長期にわたって入院させられるケースは続いています。そして、昔私が経験した「拘束される」ということは、今も行われているのです。

向精神薬という薬を飲み始めると依存症になり、頭は回らなくなります。それは向精神薬が麻薬をほぼ同じ化学構造式でできているからです。思考できなければ、医者の言う通りに薬を飲み続けます。例えば、副作用として自殺したくなったとしても、医者が出している薬だから、と飲み続けてしまうのです。

そこまでいかなかったとしても、医者の言う通り飲み続ければ、頭はぼんやりとしたままです。そう説明されても想像がつかない人はいると思います。飲酒経験のある人は、「ずっと酔っ払ったままだ」と言われたら分かるかもしれません。要は、冷静に物事を判断できない状態になっているのです。

内科医で心の病を薬を使わない方法で治療をしている内海聡氏の著書「精神科は今日も、やりたい放題」にはこう書かれてあります。

― 本物の統合失調症の患者は3000人に一人 ―

― 統合失調症と現在呼ばれている患者さんの中で、真に統合失調症と呼ばれるレベルであり、本人が治療を許容し、毒でも麻薬でもありうる薬を投与する必要がある人は、約3000～5000人に一人、0・033～0・02％にすぎないということである ―

統合失調症のような症状だとしても、心の中の問題に立ち向かうことができれば、薬はなくても改善していきます。その第一歩として、「**医者の言うことがすべてではない**」ということに氣がついてほしいのです。そして、心の病と呼ばれるもの、精神病だといわれるものは、病院に行っても治りません。治らないどころか、悪化してしまうのです。

今も「精神病患者」というレッテルを貼られて苦しんでいる人が多くいます。だから、まだ精神科の門を叩いていないのなら、そのレッテルを貼られないでください。そして、精神病患者になったとしても、薬は止められるのだ、ということを知ってください。それは自分で決められます。

もちろん、急にやめると離脱症状がきついです。でも、それを乗り越えようと決めたら、何かしらの方法が見つかります。それは、もしかして自力かもしれないし、内海先生のような薬を使わないクリニックなのかもしれません。なにしろ、医者の言いなりになってしまったら、あなたの一生は台なしになってしまうのです。

私は平成の時代のほとんどを向精神薬と共に生活しました。精神病患者として生きてきました。タバコをやめても肺にダメージが残るように、私の脳や体に向精神薬の影響は残るでしょう。しかし、人生百年時代、この体で残り半分の人生を生き続けます。

私は、やりたいことをやっていきます。やりたいことを一緒にできる人を増やしていきたいのです。

あなたも向精神薬に頼らない生き方を選択してみてはいかがでしょうか？　自分の人生は自分で選ぶことができるのですから——。

おわりに

今回執筆することを決め、過去を振り返ってみました。また、参考になる本やデータを読みました。そして分かったことがあります。

向精神薬を飲んでいた影響で、多くの病氣をしてきたのだと。

特に副腎疲労のような症状は簡単には治りません。ホルモンが正常に分泌するようになるには数年という時間がかかります。それだけダメージが大きかったということです。たしかに19歳の入院前は一般的に理解しがたい行動をしていました。だから、両親は心配して病院に連れて行ったのでしょう。

しかし、前にも登場した「精神科は今日も、やりたい放題」にはこのような記述もあります。

――統合失調症という概念には思考の解体というのがある。支離滅裂な会話があったり行動があったりすれば、すべて統合失調症と判断してしまう。これらはすべて精神科医の主観によって決まり、科学的な根拠は一切なく、提示できるデータもない――

続いてこう書いてあります。

――そもそも統合失調症と診断されるケースの多くを見れば、本人の意志ではなく無理やり家族に病院に連れて行かれたというケースばかりだが、その場合、本当に支離滅裂であるというより、「家族の理解を超えている＝異常者」という判断のもとに連れて行かれるケースが後を絶たないようだ。これは家族はいかに狭い了見しか持っていないかの表れでしかない――

これを読んだ時、正直ショックでした。でも、落ち込んだあとに思いました。あの時に入院したから、この本を書くことになったのだと。私は高校の頃から随筆家になりかったです。他の人では味わうことのない強烈な体験があるからこそ、人に伝えたい強い思いを持つことができました。そして、このような書籍を世に出す決意を持てたのです。

ずっと経済的に私のことを支えてくれた両親には、心から感謝しています。そして、傷だらけの心をもつ私を辛抱強く見守って、いつもそばにいてくれているパートナーのかっちゃん、ありがとう。あなたのおかげで私は自分に価値があると思えるようになりました。「是空道場」「センターピース」、そして「エソテリック・アノニマス」の仲間たちに感謝します。私のここの一年の成長は、彼らがいてくれたおかげです。そして今、私に関わってくれている全ての人に、「ありがとう」と言わせてください。

今、精神疾患で悩み向精神薬を服用している皆さん、かつての私と同じような悩みに苦しんでいるかもしれません。また、うつ状態で「自分は心の病かも？」と思い、精神科や心療内科に通うことを検討されている方も同じです。悩みの元となる問題に立ち向かわずに、薬に頼ってもいいことはありません。問題を先送りして薬を服用すると人生が台無しになってしまいます。どうかご自身の悩みに向き合って欲しいのです。

「でも、そんな勇氣も元氣もないんです」――そんな人はぜひ、私からのメッセージを聞いてください（次ページのQRコードからアクセス）。

本文の中で紹介しているオンラインコーチングプログラムにご興味を持った方がいるかもしれません。その方の紹介サイトのQRコードを次ページに貼りますので、チェックしてください。

また、「やりたいことを一緒にやれる世界」を共に創ってくれる仲間に向けた発信も始めます。それが、メールマガジン「Go forward――自分で人生を変えていく」です。私が実際に向精神薬から立ち直っていくのに役立った習慣・スキルもご紹介していきます。ご興味ある方は次ページの登録フォームからアクセスしてください。自分で人生が変えられると思えたら、あなたはやりたいことを誰かと一緒にできるでしょう。もしかして私と、かもしれませんね。

最後までお読みくださり、ありがとうございました。あなたが向精神薬に頼らず、自分の進みたい道を選んでいけることを心から願っています。

令和3年6月吉日　ひなた　美由紀

追記　本書の発行に際し、クラウドファンディングを行いました。有り難いことに、多くの方からご支援いただくことができました。ご協力くださった皆様、ありがとうございました！

■著者からの音声メッセージ
QR コード

■オンラインコーチング
プログラム紹介 QR コード

■著者メールマガジン「Go forward～自分で人生を変えていく」申込み QR コード

■ひなた美由紀ホームページ
http://recinderella-plan.work

平成出版 について

本書を発行した平成出版は、基本的な出版ポリシーとして、自分の主張を知ってもらいたい人々、世の中の新しい動きに注目する人々、起業家や新ジャンルに挑戦する経営者、専門家、クリエイターの皆さまの味方でありたいと願っています。
代表・須田早は、あらゆる出版に関する職務（編集、営業、広告、総務、財務、印刷管理、経営、ライター、フリー編集者、カメラマン、プロデューサーなど）を経験してきました。そして、従来の出版の殻を打ち破ることが未来の日本の繁栄に繋がると信じています。
志のある人を広く世の中に知らしめるように、商業出版として新しい出版方式を実践しつつ「読者が求める本」を提供していきます。出版について知りたいことやわからないことがありましたら、お氣軽にメールをお寄せください。

book@syuppan.jp 平成出版 編集部一同

ISBN978-4-434-29069-5 C0047

心の病は自分で治せる ～向精神薬に手を出すな！～

令和3年（2021）6月28日 第1刷発行

著　者　**ひなた 美由紀**（ひなた・みゆき）
発行人　須田早
発　行　**平成出版** 株式会社
〒104-0061 東京都中央区銀座7丁目13番5号
ＮＲＥＧ銀座ビル1階
経営サポート部／東京都港区赤坂8丁目
TEL 03-3408-8300　FAX 03-3746-1588
平成出版ホームページ https://syuppan.jp
メール：book@syuppan.jp

発　売　株式会社 星雲社（共同出版社・流通責任出版社）
〒112-0005 東京都文京区水道1-3-30
TEL 03-3868-3275　FAX 03-3868-6588

編集協力／安田京祐、大井恵次
制作協力／Ｐデザイン・オフィス
イラスト／イラストAC
印刷／（株）ウイル・コーポレーション